АЛЕКСАНДР КАЗАРНОВСКИЙ

ВОЙНА ПЛАН ПОКАЖЕТ

Лондон 2023

HERTFORDSHIRE PRESS

Published by Hertfordshire Press Ltd © 2023
e-mail: publisher@hertfordshirepress.com
www.hertfordshirepress.com

ВОЙНА
ПЛАН ПОКАЖЕТ

АЛЕКСАНДР КАЗАРНОВСКИЙ

Russian

Typeset Alexandra Rey

British Library Catalogue in Publication Data
A catalogue record for this book is available from the British Library
Library of Congress in Publication Data
A catalogue record for this book has been requested

ISBN: 978-1-913356-66-8

*Премия им. Казата Акматова за лучшую работу
в номинации "Малая Проза" на Open Eurasian Literary
Festival & Book Forum - 2022*

О КАЗАТЕ АКМАТОВИЧЕ АКМАТОВЕ

Казат Акматов родился в начале Второй Мировой войны
в Бостери в Кыргызской Республике Советского Союза.
Его отец и отчим погибли, из-за чего местные жители
назвали юного сироту Казатом, имея в виду войну или
борьбу (казат - война, кыр.). Его талант, как рассказчика,
появился рано, и в возрасте десяти-двенадцати лет он был
наказан в школе, так как его одноклассников поймали с его
рассказами. В пятнадцать ему поручили написать пьесу для
своей школы. "Богатого Землевладельца и Поденщиков"
приветствовали, хотя его высокое мастерство заставило
родителей подозревать, что он позаимствовал ее из работ
советских писателей о классовой борьбе.

Изучая журналистику, Акматов ограничил свою
поэзию записями в блокнотах, полагая, что серьезная
тематика была бы лучше представлена в прозе. Уже работая
на Комсомол и проходя офицерскую службу в Советской
армии, он решил посвятить себя карьере писателя после
окончания Университета. Вместо этого Министр обороны

СССР приказал ему присоединиться к армии, якобы в силу повышения по службе. Шпионы КГБ долго подозревали его в том, что он националист и "незрелый" коммунист, и Партийная организация военной части в среднеазиатском Военном Районе подняла вопрос исключения лейтенанта Акматова от коммунистической партии. Он был признан виновным в исследовании: "Сколько времени требуется, чтобы рассекретить документы в Советском Союзе, в соответствии с законом?"

Как следствие, его первый роман "Две строки жизни" не был издан до 1972. Успешный по многим параметрам, он навлек поток критики Партии против коррумпированных чиновников советских экономических органов. Акматову была присуждена Премия Николая Островского - самая престижная премия для молодых авторов СССР. Следующий период в произведениях Акматова, представленный характерными романами "Время земное" и "Годы вокруг Солнца, а также пьесой "Ночь Развода", оказался судьбоносным. Все три работы были наполнены сопереживанием автора к трагической судьбе киргизов. Однако СМИ, покорные насмешкам Коммунистической партии, напечатали ряд уничижительных статей. По результатам рассмотрения Центральным комитетом Коммунистической партии, "Время земное" было объявлено «антироссийским», а "Годы вокруг Солнца" - "антисоветскими". "Ночь Развода", как заявили, была «антипартийной», и Министерство культуры закрыло пьесу и даже сожгло реквизит. Автор чувствовал себя подвергшимся нападению со всех сторон: он был уволен из своей работы в журналистике; его книги были изъяты из продажи, и Партия гарантировала, что он не получит ни одну из высоких премий и призов, которые он завоевал. Никто не издал бы Казата Акматова.

В отместку Акматов публично объявил о своем выходе из Коммунистической партии и начал организовывать Демократическое движение Кыргызстана. Это движение, которое требовало выхода Кыргызстана из состава Советского Союза, ликвидации коммунистической партии в Кыргызстане и декларации независимости для Кыргызстана, было запущено в 1991.

После пяти лет в политике как Член парламента Акматов возвратился к написанию книг, и большая часть его работы теперь издана на многих языках. Его новый "Архат", доступный на пяти языках, завоевал несколько международных призов и государственный Приз Кыргызстана.

Книга "Тринадцать Шагов к Судьбе Эрики Клаус" также была хорошо принята публикой. Основанная на реальных событиях, книга показывает трагическую судьбу экстраординарной и наивной молодой норвежской женщины, которая прибывает в Кыргызстан, как волонтер Корпуса мира. Нахождение на удаленной заставе, где фашистское укрытие появилось из руин бывшего Советского Союза, эта работа, исследует ежедневную жестокость, с которой сталкиваются и Эрика в большей степени, и киргизы вокруг нее.

Писатель, а не политик, Акматов, тем не менее, продолжает рассказывать о притеснении основных прав человека всюду по Азии, и после его описания жестокого режима в Чечне, его новый роман "Шахидка" выделяет судьбу чеченской страны, и ее вечной борьбы за свободу через любовный роман между молодым чеченским мужчиной и молодой российской женщиной.

О АВТОРЕ

Александр Казарновский родился в 1951 году. С 1967 года публикует стихи, очерки и поэтические переводы в газете «Московский Комсомолец». В 1980-е годы опубликовал поэтические переводы Джеймса Джойса, Р. Фроста, Г. Лонгфелло, К. Брентано, Ф. Рюккерта, а также современных английских, американских и немецких авторов.

Его переводы печатались издательствами «Радуга» и «Прогресс», в приложении к журналу «Огонёк», в газете «Московский Комсомолец», в альманахе «Поэзия».

В 1993 году эмигрировал в Израиль.

Его произведения печатались в периодических изданиях «Вести», «Неделя», «Вести недели», а также в издававшейся в Лос-Анджелесе газете «Панорама». В 2005 году опубликовал в Иерусалиме роман «Поле боя при лунном свете». В том же году он получил премию «Олива Иерусалима» за этот роман в номинации «Страницы и строки». Тиражи очень быстро раскупались в России, Израиле и США.

В 2011 году был опубликован его второй роман «Четыре крыла Земли».

В настоящее время его очерки и рассказы регулярно публикуются в газете «Новости недели», на сайтах «Мы здесь», «Кругозор», других периодических изданиях и сайтах Израиля, США, Канады, Германии, России, Украины.

Его рассказы и очерки печатались в сборниках под названием: «Не здесь и не сейчас», «Schisandra-1,» «Schisandra-2,» «Глазами сердца», «Млечный путь».

Является специальным корреспондентом интернет-сайта «Кругозор» и членом редколлегии на сайте «Мы - школьники».

Осенью 2005 года опубликовал книгу эссе под названием «Расправа».

Его стихи, очерки, пьесы и рассказы печатались в сборниках «Лимонник», а также в альманахе «Самое главное чудо», и других альманахах, издававшихся «Издательством Элен Лимоновой» В 2021 году его рассказ «на стенах твоих поставил я стражей» был опубликован в «Новом журнале», в Нью-Йорке.

Сегодня он продолжает писать стихи, прозу и эссе и надеется, что все, о чем мечтают герои его романов, однажды сбудется.

В 2021 году стал лауреатом конкурса «Открытая Евразия» (3-е место) в номинации «Поэзия». На сегодняшний день является членом Совета Хранителей Eurasian Creative Guild (London)

• • • • • • • • • • • • • • • • • • •

Ребята а как воевать? Я сижу на крыше, вижу объект
На нём одет курджун как на верблюда одевают - такие
мешки с двух сторон для поклажи....а у него в мешках
дети....один спереди другой сзади. Делаю запрос по
рации....могу снять аккуратно в голову...детей не заде-
ну... получаю отказ....он упадёт и покалечит детей....
не стрелять. Ну как воевать с ними? Даю наводку на
пусковую установку такой грузовик небольшой а у
него впереди и сзади впритык по автобусу с пассажи-
рами...как можно воевать в таких условиях?

Рассказ снайпера,
участника боёв в Газе

• • • • • • • • • • • • • • • • • •

Самое удивительное, что на крыше не было никакой
паники. Наоборот, казалось, там царит спокойствие.
Причем не апатичное спокойствие подчинившихся
насилию людей, которым ничего не остается, как
ждать своей судьбы, а живое спокойствие, смешан-
ное с любопытством. Открылась чердачная дверь, и
бугай в «балаклаве» и с хамасовской ленточкой на лбу
вытолкнул на крышу коротко стриженного паренька,
который держал на руках плачущего малыша, должно
быть, своего брата. Понятно, что этих, как и самого
его самого с Мухаммадом и Ахдафом, пригнали сюда
насильно. Но вслед за ними на крышу с веселым визгом влетела стайка ребят лет четырнадцати — этих
явно никто сюда не тащил. Тем более, что они сразу
же, оживленно споря, начали делить между собой
двадцатишекелевые бумажки, которыми им, очевидно, заплатили за участие в акции. Справа стоял высокий рыжий парень и что-то беззвучно шептал, глядя в
сторону израильской границы. На его скулах ходили
желваки.

— Папа, мы умрем? - вдруг спросил десятилетний Мухаммад.

Хамид не успел ответить сыну, вместо него заговорил рыжий парень:

— Умрем, но ЭТИ – он махнул рукой в ту сторону, откуда прилетел нависший над кварталами клинообразный дрон, – ЭТИ пусть знают, - мы их не боимся!

— Умрем, но наша смерть послужит освобождению Палестины, - раздался чей-то голос в наступившей внезапно тишине. - Чем больше нас погибнет, тем больше во всем мире будет у нас поддержки!..

— И тем скорее евреи отступят, - добавил кто-то.

— Папа, давай не будем умирать, давай уйдем! - горячо зашептал Мухаммад, сжимая руку отца, а маленький Ахдаф весь как-то съежился, скуксился и всхлипнул. С другого конца крыши ему ответил плач того ребенка, которого принес на руках подгоняемый тычками в спину старший брат.

В этот момент дверь вновь открылась, и на крыше появилось несколько человек в комбинезонах и «балаклавах». Они тащили с собой пластиковые трубы, вроде тех, что обычно используются для водопровода или канализации. Три трубы, прижатые друг к другу стали стягивать изоляционной лентой.

«Бросься на них! Помешай им! Не дай им это сделать!» - почти вслух прошептал Хамид сам себе. Не бросился. Не помешал. Позволил. Какая-то слабость сковала. А те спокойно, даже не торопясь, доделали свое дело и двинулись к чердачной двери. И все это в полной тишине, прерываемой лишь гудением израильского беспилотника. Пусть гудит. Пока гудит, евреи скорее всего стрелять не будут. Беспилотник это их глаза.

«Бросься на них! Помешай им! Убей их! Умри сам, но спаси своих детей! И тех детей, что стоят на крыше, не подозревая о том, какая участь им уготована! И тех, зомбированных, что шепчут проклятия Израилю и сами рвутся умереть

Хамасовцы были уже у самой двери, когда он все-таки заставил себя броситься к ним с криком: «Стойте! Куда вы?! Выпустите нас!»

И тут случилось странное. Тот, что явно командовал остальными, вдруг остановился, обернулся и спял маску. У него было круглое лицо, обрамленное аккуратно постриженной черной бородкой.

— Выпустить, говоришь? Погодите, бойцы, тут один просится его выпустить.

Прозвучали эти слова обманчиво мягко, что дало сил крикнуть:

— Всех, всех выпустите!

— Всех говоришь? Гм... Всех - не знаю, а тебя, пожалуй, выпустим.

— С детьми...

Его, только что такой решительный, голос в одно мгновение превратился в умоляющий. Казалось, сейчас произойдет невероятное! В сердцах этих извергов, этих чудовищ, этих хамасовцев, вдруг проснулось милосердие, и сейчас они отпустят — пусть не всех, но его детей, его Ахдафа и Мухаммада!

— Ахдаф, Мухаммад! - крикнул он, протягивая к сыновьям руки.

— Э, нет, так мы не договаривались, - заявил обладатель короткой бородки и наотмашь врезал ему кулаком по лицу. Боль от удара слилась с болью от осознания того, что его отрывают от детей, а затем осознанием того, что его дети обречены. Сюда же вплелся крик Мухаммада: «Папа!» и рыдания Ахдафа...

Затем все куда-то исчезло, лишь ступени, ступени, ступени, ступени.

Кубарем пролетев лестничный пролет, утирая с лица кровь, он попытался встать на ноги. Короткобородый, легко сбежав по ступеням, схватил его за шиворот, отвесил леща, и Хамид покатился дальше. И дальше, и дальше. Всякий раз, как Хамид останавливался на очередной лестничной площадке, чей-нибудь ботинок отправлял его в дальнейший путь. И так было, пока мордовороты не вышвырнули его на улицу.

Вот тогда-то это и произошло. Небрежным жестом короткобородый вытащил из кармана пульт вроде телевизионного или от кондиционера. И нажал на кнопку. Послышался звук, похожий на звук реактивного самолета, когда тот пролетает над самой головой. Хамид посмотрел на небо. Вон та крученая белая нить посреди июльской синевы, нить, тянущаяся в никуда, да нет, не в никуда, а на восток, молча говорила: «Прилетит ответ, страшный ответ! Прилетит ответ, страшный ответ! Прилетит ответ, страшный ответ!» Хамид рванулся обратно к подъезду. Скорее, наверх, наверх! Да, конечно, они заперли дверь, ведущую на крышу, но он выломает, высадит ее!..

Кто-то из конвоиров подставил ножку, и под их хохот он распластался на земле. Перевернувшись на спину, он беспомощно наблюдал, как в жгуче-синем небе след от ракеты расплывается все шире... и шире... и шире...

***

Моше откинулся в кресле, нажал на пульте кнопку отсоединения, и экран погас. Когда-то жители Саада и не помышляли о такой технике. Потом было общее собрание, на котором обсуждался вопрос – можно ли жителям религиозного кибуца* смотреть телевизор.

— Ну всё! - кричал конопатый Гринберг. – Теперь у нас всё, как в светской квуце! Скоро дело дойдет до общих душевых и спален для мальчиков и девочек!

«Не дойдет!» - большинством голосов решило собрание и постановило начать закупку телевизоров.

Давно это было...

Моше прикрыл глаза. Тридцать пятый. Тридцать пятый солдат ЦАХАЛ*а погиб с начала операции «Несокрушимая скала»**.

Тридцать лет назад в Ливане все были твоими братьями. Теперь — все твои сыновья. Все, хотя ты

---

*Кибуц первоначально, квуца — «группа» сельскохозяйственная коммуна в Израиле.

*ЦАХАЛ – Армия Обороны Израиля.

** «Несокрушимая скала» израильская военная операция в секторе Газа, проведённой с 7 июля по 26 августа 2014 года.

их никогда не видел. Смерть брата безумно тяжела. Смерть сына непереносима.

Справа под мышкой жжет. Какое-то кожное раздражение – должно быть, от дезодоранта. Крутой он, этот "TITANIUM metal"! Тоже ведь в кибуце решали со скандалом – Гринберг вопрошал: «Разве может правоверный еврей обрызгивать себя ароматическим спреем, как женщина?» Рав Биньямин отвечал: может.

Жжет здорово. Пойти бы на кухню за успокаивающей мазью, да лень вставать.

Глаза закрыты, но темноты все равно нет. День-то солнечный. Головой понимаешь, что перед глазами все красно лишь потому, что свет пробивается сквозь кожу век, а там — кровеносные сосуды... ну и так далее. Понимать-то понимаешь, а все равно ощущение будто сейчас откроешь глаза, а там — прямо к векам подступает океан крови. И эти часы. Те, что на столе, и те, что на стене, с разным тембром. с разным ритмом - достали, честное слово. Ну, вон те, большие, что на стене, они не стучат, а цыкают.

Двадцать лет назад, когда был двадцатилетний юбилей их с Дворой вступления в кибуц, они получили эти часы в подарок от правления. Эх, как тогда собратья по кибуцу, от тех, что у него на глазах выросли, до тех, что у него на глазах состарились, кричали «Мазл тов!» И часы такие симпатичные — циферблат —в виде океана с плавающими в нем материками, а секундная стрелка — самолетик, что эти материки облетает. И по периметру циферблата — названия городов, с окошечками, в которых можно увидеть который сейчас час в Париже или Нью-Йорке.

А другие часы, которые не цыкают, а тукают — Моше недавно их купил. Он же староста синагоги, ему каждый день вставать ни свет, ни заря — открывать синагогу, а в шестьдесят четыре года и проспать недолго, к тому же будильник на сотовом телефоне хочет - работает, хочет - не работает. Вот и пришлось покупать это чудище.

Лежащий на столике мобильник, у которого Моше, как обычно, забыл включить звук после того, как поставил его на тихий сигнал во время молитвы в миньяне, задрожал и слабо загудел.

— Алло!

Голос Арье прозвучал, словно из глубокой пещеры.

— Моше...

И пауза. Пауза, стремящаяся тянуться вечно.

— Арье, что случилось?

Но Моше уже понял, ЧТО случилось. В памяти промелькнуло опечаленное лицо курносой голубоглазой дикторши... «При ликвидации террориста, пытавшегося проникнуть из Газы на нашу территорию, погиб офицер Армии Обороны Израиля». Имени девушка не назвала. По правилам сначала оповещают родных убитого. И вот, похоже, оповестили. Неужели?..

В телефоне рыдало молчание.

— Арье... Шимон?

Казалось, нижняя губа треснула, когда он произнес имя этого мальчика, на чьем обрезании он двадцать семь лет назад, выпив — ну чуть-чуть лиш-

него - отплясывал веселее всех, на чьей бар-мицве*
его вызвали к Торе, словно родственника виновника
торжества, хотя он не был никаким родственником,
а лишь ближайшим другом отца *бар-мицвы*, на чьей
свадьбе восемь лет назад он в свои пятьдесят шесть
лет тоже отплясывал, но уже с женихом на плечах, а
потом, в роли бадхена – свадебного шута - стоя перед
этим же женихом на коленях, откинувшись назад,
так что затылок почти касался пола, держал на носу
горящий факел...

— Арье...

— Похороны завтра в четыре часа, - послышался
голос из бездонной пещеры. В телефоне наступила
тишь.

Моше тяжело опустился в кресло. Значит, Шимон.

Он не знал, сколько времени просидел, уставив-
шись на темный экран телевизора, в котором, казалось, ничего не отражается, кроме его собственного
лица, его потухших глаз. Пропела сирена, за окнами
послышался топот ног, метнулись крики. Моше не
пошевелился. Затем громыхнул очередной «привет
из Газы», сбитый «Железным куполом». Раздался зво-
нок. Машинально он поднес телефон к уху и услышал
голос Дворы. Плач Дворы.

— Моше. Ты смотрел новости?

— Мне позвонил Арье, - прошептал Моше.

— Моше, это жутко, да-да, жутко! - причитала
Двора, — Моше, там, в Сааде, где по несколько раз в
день звучит тревога, это все не так воспринимается,
по-другому! А здесь, в Пардес-Хане, мамы с детишка-

ми часами спокойно возятся на детских площадках, где днем на лавочках сидят пожилые люди, а по ночам парни с девчонками на этих самых лавочках попивают водку, и никогда, да-да, никогда не слышно ни сирен, ни взрывов... Здесь если человек смотрит на небо — так это чтобы посмотреть, может, облачко какое смягчит задолбавшую жару... Здесь новости с фронта — как с другой планеты, да-да, с другой планеты!. И вдруг эта планета пожирает Шимона, да-да, Шимона...

Моше молчал так же, как недавно молчал Арье. Он находился сейчас куда ближе к Арье, а может даже и к Шимону, чем к Дворе. Он находился почти на другой планете. Плакать была привилегия землян. Поэтому он прокашлялся и сухо сказал:

— Похороны завтра в четыре, Двора. Так что я завтра... Двора, не хочется мне драпать из кибуца, совсем не хочется! Особенно сейчас, после гибели Шимона. Сквозь боль как-то особенно ощущается, что каждый должен быть на своем месте. Ты — другое дело. Ты как раз находишься на своем месте — ты в тихой Пардес Хане спасаешь наших внуков от бомбежек, а может, и от гибели. А я? Я здесь, в религиозном киббуце, староста синагоги, нашей синагоги! Мое дело - организовывать молитвы, собирать пожертвования для раненых солдат и мирных жителей, следить чтобы люди, заваленные бедами, не переставали Тору учить.

И снова молчание в трубке, но уже иное молчание — молчание внезапно возникшего между мужем и женой отчуждения.

— А я как же? Да-да, как же я? - тихим голосом спросила Двора

— Двора, - проговорил Моше, чувствуя, что у него пересыхает в горле, - ты крутишься с нашими внуками. Ты пасешь наших маленьких разбойников. А я — я должен быть на своем месте. Мы, конечно, на разных планетах, то это... это не мешает мне любить тебя так же, как я любил тебя на протяжении последних лет, всех последних лет, не переставая любить ни на минуту.

Он почувствовал, как женщина на другой планете сквозь слезы улыбается.

После разговора с женой он долго молча смотрел в окно на видневшиеся на окраине киббуца апельсиновые сады, на кособокие акации, на песчаные холмики, барханы, кипарисы. Ну и что, теперь так и сидеть сиднем? Было у него средство, которое всегда выручало его, когда ком подкатывал к горлу. Он садился в свою «Субару» и ехал на море. Вглядываясь в бесконечность моря, днем жгуче-синюю, а ночью - черную с серебряной окантовкой прибоя, он ощущал другую бесконечность — бесконечность Того, Кто создал и это море, и эту землю и его самого - Моше Абу. «Ты создал меня? Так помоги мне!» И Бесконечность всегда отвечала: «Да».

---

*Бар-мицва – праздник совершеннолетия мальчика (в 13 лет), а также виновник торжества.

* * *

Вода в туннеле была по щиколотку. «Дальше будет хуже, - подумал Хамид. - Хотя нет, вряд ли... Сейчас лето, живем мы, считай, на краю пустыни. Так что никакой воды здесь быть не должно. Исчезни, вода!»

Самое забавное, что стоило Хамиду мысленно произнести эти слова, как лужа под ногами начала мелеть и буквально через несколько метров на ее месте захрустел сухой песок. И не удивительно — ведь пол и потолок туннеля пошли круто вверх, так что Хамид даже почувствовал, что слегка задыхается.

Ну да! Недаром говорят: «Иглой не выкопаешь колодца». А тут - хоть копали не иглой, да кто копал-то? Мальчишки лет по двенадцать! Видно, ребята замаялись здесь кирками махать, а может, тяжко было одновременно вкалывать и в гору тащиться. Туннель-то поуже стал. Да, поуже — не то слово. Кое-где чуть ли не протискиваться приходилось. То есть будь Хамид пожирнее — точно пришлось бы протискиваться. Вот толстый Ясер Тирауи, тот вообще бы не пролез.

Хамид шел, и шел, и шел. Главное — не закрывать глаза. Едва он это делал, как видел того мертвого мальчишку, что, там, сзади, скрючившись, лежал у сырой бетонной стены. Главное — думать о всяких пустяках, а не об этом мальчишке, не о других мальчишках, не о самом страшном. И конечно же не об Ахдафе с Мухаммадом. А как о них не думать, когда все время перед глазами...

Пот не просто стекал по щекам — Хамиду казалось - он умывается пОтом. Воздуха не хватало. Голова кружилась. Световое колечко, выбрасываемое фонариком, плясало впереди. Он понимал, что это из-за дрожи в руках. Еще немного и он потеряет сознание, упадет и … и забудется, забудется, и так никогда и не придет в себя, так и тоже будет, скрючившись, лежать и остывать. Не останавливаясь, Хамид вытащил из сумки литровую пластиковую бутылку с водой и начал жадно пить на ходу, разбрызгивая драгоценную влагу. Это придало сил, но ненадолго. Не пройдя и километра, он опять почувствовал, что ноги его заплетаются, а колечко света двоится... троится...

Он присел на землю. Сунул руку во внутренний карман брюк, проверил, на месте ли Инструкция, не менее драгоценная, чем влага. Болели стопы, болели лодыжки, болели колени. Ведь предупреждал его Тауфик: «Не лезь в тоннель! Прямо скажем, не выдержишь! Не дойдешь! Как говорится, вытягивай ноги по длине своего ковра!» А он все хорохорился: «Ради того, чтобы увидеть Уленшпигеля — дойду». Ради того, чтобы увидеть Уленшпигеля... Надо бы встать, но сил нет. Ради того, чтобы увидеть Уленшпигеля... Вот так хорошо здесь и уютно сидеть. Ради того, чтобы увидеть Уленшпигеля... И голова вроде бы как и не кружится вообще. То есть кружится, но это как-то незаметно. Ради того, чтобы увидеть Уленшпигеля... Хамид понял, что стоит перед выбором — встать или умереть. И умирать было совсем не страшно, совсем не больно — даже приятно. Но он не имел права умереть — он должен был встать — встать ради того, чтобы увидеть Уленшпигеля.

Инструкция… Инструкция… Инструкция…

***

Зимой, в дождливую погоду, когда бродишь по опустевшему пляжу, порой возникает ощущение, что под тобой топь. Не непосредственно под ногами, а где-то глубоко внизу… Где-то там, под коркой песка, прикинувшегося твердой почвой, таится Топь, Хлябь, которая только и ждет, чтобы проглотить тебя, когда ты зайдешь поглубже. А летом песок мертвый. Да и не песок это вовсе, а крупная пыль. И Моше бредет в сандалиях на босу ногу, закидывает голову, смотрит на бесчисленные звезды, которые кажутся ему глазами Б-га, и шепчет:

— Здравствуй, Б-г! Вот опять я пришел к Тебе потому, что мне опять плохо. Не то, что бы без этого я Тебя забывал — нет! Три раза в день я прихожу в синагогу, три раза в день я шепчу: «Благословен Ты Г-сподь, наш Б-г и Б-г отцов наших, Б-г Авраама, Б-г Ицхака и Б-г Яакова!» Но когда мне плохо, я прихожу к морю, я прихожу к другому Тебе, к Отцу, который склоняется над сгорбившимся от несчастий сыном, к Отцу, который гладит его душу влажными пальцами, пальцами волн, стирая с нее кровь — кровь мальчика Шимона, на чьей бар-мицве я когда-то плясал, кровь десятков еврейских парней и кровь десятков арабских детей, безвинных детей, что расплачиваются за преступления или молчание их родителей, и мою кровь, мою собственную кровь, сочащуюся из души, из души, которая уже не в силах выносить эту многотысячелетнюю тяжесть убийств, убийств, убийств... Кот из пасхальной песенки «Хад гадья» пожирает козленка, собака разносит в клочья кота, палка проламывает череп собаке, огонь пожирает палку, вода заливает огонь, и над всем этим не прекращает свою пляску ангел смерти и будет плясать, пока Ты, Вс-вышний не прервешь движение этой карусели, кровавой карусели, не пришлешь к нам того, кто остановит эту круговерть, чертову круговерть. Да сколько же можно уже! Сколько лет, сколько лет я живу на этом свете, а тьма лишь сгущается, страшная тьма! И кажется мне порой, что каждый убитый на земле это я, я, и что в каждой чьей-то гибели тоже я виноват, я и никто другой!

Песок был мертвым. А море было живым. Море было теплым. Море дышало теплом. И, пропитавшись этой бескрайностью, Моше начал читать вечернюю молитву. Дойдя до «Восемнадцати благословений», он поднялся с парапета, повернулся лицом в сторону Иерусалима, а к морю — спиной, так, чтобы морское дыхание ласкало его затылок, и заговорил: «Благословен Ты, Г-сподь, Б-г наш и Б-г отцов наших, Б-г Авраама, Б-г Ицхака и Б-г Яакова...»

Когда он дошел до слов «Услышь голос наш», ему показалось, что где-то на небесах отворилось огромное ухо. И в это ухо он зашептал: «Г-споди, приведи на землю Избавителя, а до тех пор, Г-споди, сорви планы, раздела Иерусалима и выселение евреев из их домов и верни нам Гуш Катиф и Северную Самарию! Отведи от нас ядерный удар и угрозу большой войны! Сделай так, чтобы бойня здесь, в Газе, поскорее закончилась, чтобы в ней погибло как можно меньше людей — евреев и неевреев, арабов и неарабов. Сделай так, чтобы дети не умирали, и чтобы мы победили тех, кто поднялся уничтожить, нас! Г-споди, вразуми слепцов, вразуми слепцов, мечтающих разрушить мое государство, пусть поймут они, что, убивая нас, они убивают самих себя!

Г-споди! Пусть мои дети будут здоровы и счастливы, пусть мои внуки проживут долгую счастливую жизнь и навсегда останутся верными евреями!

Г-споди! Прими душу Шимона, сына Арье, освятившего гибелью своей Имя Твое! Стремительнее орла и сильнее льва был он, выполняя волю Твою. Отомсти за пролитую кровь его! Пусть душа его будет звеном в цепи вечной жизни вместе с обитающими в раю душами Авраама, Ицхака и Яакова, Сары, Ривки и Леи и прочих праведников и праведниц!»

Молитва закончилась, и — словно боль из души выхлестнулась, и теплая морская волна омыла душу. А море продолжало молча глядеть на него. Пока он читал молитву, оно окончательно успокоилось, исчезла даже пенистая кайма — просто языки прибоя ласково, по-собачьи, вылизывали береговой песок и уходили обратно в глубину.

Завыла сирена. Метеором в вышине сверкнула ракета и полетела в сторону Ашкелона. И тут же навстречу ей из темноты вырвался другой метеор — огненный плевок «Железного купола». Вспышка — и где-то вдалеке, на севере, с небес посыпались искры и раскаленные обломки ракеты.

Моше с удивлением отметил про себя, что он, стоя посреди пляжа, вдали от какого-либо укрытия, ни чуточки не испугался. Многоглазый Б-г глядел на него с такой нежностью, что ясно было — ничего дурного просто не может с ним случиться.

Он побрел назад по берегу вдоль парапета, мимо закрытых ларьков и ресторанов, и вдруг остановился. В воздухе витал явственный запах сигаретного дыма. Моше обернулся. Вокруг никого не было. Странно. Рассказать кому-нибудь, что на пляже было накурено, так тут же попросту покрутят пальцем у виска. А между тем...

Он начал подниматься по обшарпанным каменным ступеням, к бензоколонке, где оставил машину.

***

С портрета, занимавшего чуть ли не половину стены, смотрел человек в высокой черной шапке, с растрепанными волосами, с длинными вьющимися локонами, знакомыми Хамиду по карикатурам в газетах, выходящих в Газе — кажется, такие локоны называются «пейсы» - и с удивительно пронзительным взглядом, взглядом, под которым хочется вскочить, вытянуться в струнку и отчитаться за все хорошее и — упаси Аллах! - нехорошее, что ты сделал в жизни. А рядом была другая картина — на ней толпа в галабеях во главе с бородатым фанатиком, указывающим дорогу в светлое будущее, подваливала к морю, и море перед этой толпой послушно расступалось с такой скоростью и силой, что во вставшей слева и справа стенами воде застыли удивленные рыбки.

Хамид смотрел на картинки и ел. Ел шакшуку, которую приготовил Моше. Ел кускус. Ел питы с тхиной. Ел и все не мог наесться. Сколько дней уже как не было у него возможности поесть по-человечески, да, честно говоря, и желания. После смерти Айи пришлось варить, жарить и печь для детей самому... Удивительное дело — еда потеряла свой вкус. Казалось бы, готовил он по тем же рецептам, а получалось совсем не то. Создавалось впечатление, что Айя в *оммуали* или в булочки с творогом добавляла еще один ингредиент под названием «любовь». Нет, он, Хамид, конечно же любил своих детей, да и как было их, золотых, не любить? Но вот добавлять в блюда любовь не умел. А после того, как мальчики погибли, ему вообще казалось кощунством заботиться о собственном пропитании и тем более готовить самому себе. Иногда на оставшиеся деньги покупал он какой-нибудь фрукт или овощ. Иногда — в основном это случалось во время очередного недолгого перемирия, которые время от времени радовали Газу во время операции «Несокрушимая скала», - заходил в кафе и съедал что-нибудь мясное. Денег оставалось все меньше и меньше, но Хамиду было плевать на это. Ему вообще на все было плевать — похоронив всю свою семью, он был готов умереть и даже воспринял бы смерть с радостью. Возможно, во время учебного года, преподавая в школе – если бы в школе по случаю войны не прервались занятия - он бы чуть-чуть отвлекся, обрел бы хоть какое-то подобие смысла существования, что помогло бы как-то удержаться на поверхности, не пойти ко дну, но на дворе стояло лето, каникулы, и он неодолимо двигался к своему концу. Если что-то еще грело его в жизни, то это вера в то, что однажды он найдет того, кто поможет ему поведать миру свою историю и показать эту страшную Инструкцию! Ведь для чего-то же все это произошло с ним, для чего-то Аллах лишил его Айи и детей. Аллах мудр, Аллах еще сделает так, чтобы все страдания Хамида обрели смысл!

— И представляете... - Хамид отхлебнул кофе и продолжил свой рассказ. Еврей слушал внимательно, устремив на него умные, как у собаки, глаза. - Представляете, так ведь я нашел его, я нашел Уленшпигеля! Самого настоящего! Не то, чтобы лично нашел, но... Представляете, роюсь я в обломках только что разрушенного здания в поисках съестного... Как назло, ничего, кроме початой бутылки колы и каких-то сухариков. И вдруг — обрывок газеты. Похоже, американской. И заголовок! Только вслушайтесь: «Штутгартский журналист Герман Шрёдер («Уленшпигель»): «Боль, кровь и пепел Шуджаийи* стучат мне в сердце!» Я прямо как прочел... Представляете?

— Представляю, - мрачно сказал Моше. - Только вот...

---

* *Шуджаийя – квартал Газы, сильно пострадавший в ходе операции «Несокрушимая скала»*

— Что?!

— Что это за псевдоним такой «Уленшпигель»? Он ведь, должно быть не вчера его взял и не сегодня. Шуджаийя ему сейчас стучит в сердце, хорошо, пусть стучит! А что раньше стучало? Похоже, это какой-то профессиональный пеплостукальщик, сердечный пеплостукальщик

Хамид стиснул зубы. Все-таки этот еврей предоставил ему стол и кров, а что не верит ни во что хорошее в человеке... так ведь еврей же! Хорошо, что он не успел рассказать ему про Инструкцию! Не будет он ему ничего рассказывать! Только Уленшпигелю расскажет – и больше никому!

— А что было в этой статье? - спросил Моше.

— Так ведь он писал о наших страданиях. Кровью писал. А вот кто в наших страданиях виноват...

— Забыл, забыл рассказать?

— Так ведь конец статьи был оторван. Но я тогда решил — разыскать этого журналиста и рассказать ему правду о Шуджаийе.

— Ни больше, ни меньше, - с грустной усмешкой спросил Моше.

— Ни больше, ни меньше, - твердо сказал Хамид.

— Ну, хорошо, - примирительно сказал Моше. - Но зачем самому ехать? Есть e-mail, есть скайп...

— Так ведь вы не понимаете, - Хамид начал раздражаться, - когда говоришь о самом главном, о самом важном — говорить надо глаза в глаза, уста в уста! Да и кто поверит e-mail'y

— А скайпу...

— Так ведь думал я об этом! Из Газы по скайпу... У меня компьютера давно уже нет, а от кого-то связываться – подставлять его под смертельный удар.

— А отсюда?

— Из Израиля? Так ведь скажут, еврей под араба замаскировался! Нет, надо глаза в глаза!

— А для тебя это сейчас самое, самое главное в жизни - рассказать?

— А что еще? Всех, кого я любил, они у меня отобрали.

— Хамид, прости, что задам тебе вопрос... э-э-э... дурацкий вопрос — ты отомстить ХАМАС*у хочешь?

— Нет, - задумчиво сказал Хамид. - Я не мстить хочу, я хочу остановить их.

— О'кей. Кстати, как ты денег-то, денег наскреб на дорогу?

— Так ведь просто! Я продал квартиру.

Он действительно сказал это очень обыденно, но Моше все понял и воскликнул:

— Так ты теперь, выходит, бездомный?

— Выходит так, - в тон ему ответил Хамид и, быть может, впервые с дня гибели сыновей улыбнулся.

— И много ты за квартиру-то свою выручил?

Хамиду стало смешно. Что можно выручить за квартиру, которую не сегодня - завтра разбомбят? Да еще там, где подавляющее большинство жителей безработные, а те, кто работает, месяцами не получают зарплату. Да и не сказал Хамид самого главного — деньги за квартиру у него давным-давно отобрали хамасовцы. Те деньги, что с поддельным паспортом и Инструкцией лежали у него в полиэтиленовом пакетике, равно, как и те, на которые он купил этот паспорт, были совсем другого происхождения. Но об этом он не имел права сказать никому, даже врагу ХАМАСа.

— А как же ты сюда-то, сюда выбрался? - продолжал Моше свой наивный допрос.

— Так ведь по туннелю! Вот вы с этими туннелями воюете, а если бы не туннель, мне бы в жизни сюда не добраться.

— Ну, как я понимаю, вы тоже, тоже от этих туннелей не в восторге.

— Так ведь кто спорит? Жуткое дело! Хватали людей и принудительно везли строить эти тоннели, без какой-либо техники безопасности. Скольких завалило! А дети! Сколько детей соблазнили платой - доллар в час! А скольких просто расстреляли, чтобы хранить в секрете расположение этих тоннелей! Я сюда шел по тоннелю — так ведь я кости видел! Эти мрази не удосужилась даже вовремя трупы убрать. Я мальчика мертвого видел. Только, как бы то ни было, благодаря этому туннелю я здесь.

— Ну, - усмехнулся еврей, - здесь ты в первую очередь благодаря Вс-вышнему, а во вторую, во вторую – уж не сочти меня гордецом, немножечко мне.

Хамид кивнул.

— Так ведь еще больше благодаря вашей кипе, белой с дырочками, которую я там, на бензоколонке, принял *такию.*, как и у вас.

— За что-за что?

— За *такию*, за арабскую кружевную шапочку, так ведь они тоже белые, как ваша.

— А ты, как ты вообще оказался на бензоколонке?

— Так ведь куда мне было деваться? Выполз из-под земли посреди чистого поля, вернее, посреди пустого пляжа, единственная моя надежда — найти какого-нибудь араба, чтобы он мне помог. И, главное, не нарваться на еврея, который тут же сдаст меня властям.

— Откуда же тебе было знать, что среди евреев тоже встречаются люди, нормальные люди!

— Не надо иронизировать. Мы не сумасшедшие. Да, среди нас есть фанатики, для которых ВСЕ евреи - потомки свиней и обезьян, поэтому эти так называемые исламисты нападают по всему миру на еврейские организации, музеи или рестораны, хотя люди, которые там гибнут, никакого отношения к Израилю не имеют... Но таких фанатиков — горстка. Остальные...

— Ну, конечно, остальные нас обожают.

— Никто вас не обожает. Остальные считают, что есть евреи и есть сионисты. Евреи это те, кто тихо себе сидит и молится, желательно в Париже или Лондоне, но пусть даже — Аллах милостив! - в Иерусалиме, только пусть не требуют нашей земли, не отбирают у нас землю, не устраивают здесь свое государство.

— Понятно, а сионисты, сионисты это, те, кто требует вашу землю и устраивают здесь свое государство. Что ж, поздравляю тебя — прямо перед тобой не тихий еврей, который молится в Париже или Иерусалиме, не *зимми*, иноверец, которого вы были бы согласны терпеть, а именно сионист, религиозный сионист!

Хамид весь как бы съежился, скукожился. Казалось, появись у него сейчас возможность исчезнуть, испариться, раствориться в воздушном океане, он бы посчитал ее великим счастьем. Но тут вновь раздался голос Моше:

— Ладно уж, успокойся, я в это время года не ядовит. И в ШАБАК* тебя сдавать не собираюсь.

— А почему? - спросил Хамид. - Вдруг я засланный террорист?

— Вдруг, - ответил Моше. - А вдруг — нет? Вдруг ты говоришь правду? И я человека, человека, пережившего смерть жены и трех детишек, обреку на страдания, на новые страдания. А точнее — на гибель. Подумай сам, что ждет тебя в нашей полиции! Отправят в тюрьму до выяснения всего и поместят в камеру, в камеру к другим арабам. А кто ты для них? Перебежчик! Предатель!

— Так ведь я же никого не предавал, - возмутился Хамид. - Я от ХАМАСа убегал. А ХАМАС мы знаете как ненавидим?!

— Не знаю, но представляю. Еще бы вам его не ненавидеть, если они вас в открытую насильно под наши ракеты швыряют и трупами ваших детей себе путь к победе мостят. Но ваши же собратья в Иудее и Самарии...

— Где-где?..

— В тех местах, которые вы называете Западным берегом... Да и в самом Израиле масса арабов боготворит этих ублюдков. Ну да, здешних-то, здешних арабских детей хамасовцы под бомбы не кидают! Местным арабам противостоят смирные израильские полицейские, в которых можно плевать, тыкать ножами, швырять камни, петарды, коктейли Молотова и за все это от того же ХАМАСа или от ФАТХ**а получать звонкую монету. И почти никакого риска, потому что дай полицейские чуть посильнее сдачи, на них сразу набросятся наши родные израильские правозащитники, еврейские правозащитники, а за ними еврейские газетчики да телекомментаторы, и эти уж растерзают, не пощадят, эти будут посвирепее хамасовцев, самых злых хамасовцев. Никакой нацист в жизни не сможет ненавидеть еврея так, как еврей ненавидит сам себя. А что до твоих палестинских и даже израильских соотечественников, так они тебе твоего побега не простят, нет, не простят, и не надейся. При том, полицейским – полицейским плевать — не к евреям же им сажать тебя. Тебе бы одиночную камеру, но ее заслужить надо! Ну не тянешь, не тянешь ты на особо опасного преступника. Так что ни к чему тебе в тюрьму.

— Так ведь я особо и не рвусь!

— И не рвись, не рвись! И я тебе вот что скажу — когда ты рассказывал о гибели детей, я понял — либо

---

* ШАБАК - общая служба безопасности Израиля
** ФАТХ – соперничающая с ХАМАСом террористическая организация, правящая в Иудее и Самарии.

это правда, и я буду скотом, последним скотом, если тебя сдам, либо ты великий актер, и у меня права нет, нет никакого права загубить такой талант.

— А вдруг я не только актер, но все же и террорист.

— Ты?

Моше расхохотался. Видно было, что вино его слегка закружило, а полновластие в отношении невольного гостя развязало язык.

— Ты террорист? Да ты посмотри на себя! Тебя же соплей перешибешь! Лучше скажи, весело тебе было тогда, в машине, когда я сказал тебе, что везу тебя в еврейский поселок.

Хамид принужденно улыбнулся.

— А то! Выползаю на бензоколонку, вижу араба в *такие*, спрашиваю, куда едет, а он и отвечает: «В Саад!» Так ведь, думаю, арабское название, означает «Счастье»! И откуда вы так здорово арабский знаете?

— Еще бы, еще бы мне не знать, если я родом из Ирака! Так что счастье твое, счастье, что тебе настоящий араб не встретился, а то был бы тебе: «*саад*»! Правильно говоришь - кипе моей в петли поклониться надо.!

— Так ведь думаю — ну как мне в таком виде прямо в аэропорт ехать, грязному, в рванье... Меня же полиция… Поеду, обращусь к людям в Сааде — они помогут...

— Ну с одеждой люди в Сааде действительно могут помочь, по крайней мере один из них, то бишь я. Брюки-то в самый раз?

— Да, спасибо...

— Что «спасибо»? Что ты нюнишь. Я же вижу, что длинноваты. Ладно, подверни. Подверни, а потом ушьем. Б-г с тобой, подберу, подберу я тебе одежду. А что у тебя с деньгами, с документами?

— Паспорт я купил поддельный, можете сообщать в полицию.

— Не буду, не буду я никуда сообщать. Только не дело это. Лучше давай я тебя завтра отвезу к знакомому журналисту, он наш, правый. Он и сделает с тобой интервью...

— «Так ведь почему бы и нет? - на секунду мысленно дал слабину Хамид. - Сегодняшнее яйцо лучше завтрашней курицы. И Инструкцию прямо здесь на экспертизу отдать можно. Но нет. Кто на Западе поверит в правильность экспертизы, если она проведена в Израиле? И потом...»

— Нет, саиди Моше, - твердо сказал он. - Мы с вами все-таки — враги. Вы воюете против нас. Я вам очень благодарен. Вы помогли мне, возможно, спасли меня от полиции. Вы подобрали меня на дороге — не знаю, что стало бы со мною, если бы не вы. Так ведь это не отменяет того, что идет война. Идет война, и выступить в вашей газете — значит перейти на сторону врага и выступить против своего народа. Лучше сдайте меня полиции — я не буду сопротивляться. Да и не нужен мне никакой ваш журналист, ни левый, ни правый. Мне нужен лишь один человек — Герман Шрёдер, Я уже сказал, не буду я тебя сдавать в полицию, не буду. Но давай хотя бы выясним через интернет телефон твоего Шредера. А ехать в никуда... У тебя денег-то, денег много?

— Так ведь на первые несколько дней хватит.

— А потом, потом что?

Хамид пожал плечами.

— А если ты его сразу не найдешь? Может, он уехал, уехал из своего Штутгарта на месяц, на два куда-нибудь в Нью-Йорк или даже … скажем, в Шанхай. Журналист ведь!

— Так ведь что-нибудь придумаю.

— Война план покажет?

— Чего-чего? Какой план?

Моше рассмеялся.

— Я сам родом из Ирака, а жена у меня из России.

— Правда? – удивился Хамид. – Так ведь у моего друга он раньше жил в Шуджайе тоже жена из России. Не знаю уж, как ее звали дома, а у нас она приняла имя Закия.

— Ну, и как она ладит с родственниками, с мусульманскими родственниками? – спросил Моше.

— Поначалу тяжело было, потом конфликты понемногу временем улеглись. Так ведь получилось, что она там за старшую. Муж – он в семье старший брат. И оба они медики. И хотя она не работает по профессии, все в доме чуть что, бегут к ней, делать уколы. Или она идет к ним, ставит капельницы. Занимается плаванием, фитнесом, готовит русские блюда – так ведь это всех вокруг покоряет. У нее есть диплом кондитера, торты печет. Вку-у- сно! Особенно есть – «Наполеон» называется!

— А где твой друг сейчас? – спросил Моше.

— Так ведь они в Рафиах перебрались. Там почти не бомбят.

— Да, - пробормотал Моше, - и вам несладко и нам. Хреновая, хреновая вещь война.

— А как вы, иракский э-э-э… еврей, - Хамид с трудом выдавил это слово, - на девушке из России женились? А где она?

— Она сейчас у внуков в Пардес-Хане, а я тут с тобой обжираловке предаюсь. Мы с ней в «Бней-Аки-ве» познакомились. «Бней Акива» это такая организация, религиозная организация, молодежная. Сионистская, между прочим. Так вот, у моей жены для таких случаев поговорка, русская поговорка - «война план покажет». Дескать, сейчас ввяжемся, а там по обстоятельствам будем действовать, по обстоятельствам. Похоже, и ты рассудил, что война план покажет.

— Ну, в общем, где-то так... Как бы то ни было, я вам очень благодарен — вы очень мне помогли и вообще... но я прошу вас — не считайте меня своим союзником. По большому счету, я не вижу разницы между ХАМАСом и ЦАХАЛом.

Моше медленно поднялся, подошел к Хамиду, допивающему очередную чашку кофе, положил ему руку на плечо и тихо сказал:

— Я, честно говоря, не вижу ничего общего. А ты запомни одно: «В ЦАХАЛе командир не крикнет бойцам: «Вперед!» Там нет такой команды. Там есть команда: «За мной!»

«При чем здесь это?» - подумал Хамид.

***

Вот как, значит, на этой стороне происходит. Сначала «у-у-у!» А потом - «бум!»

— Это, - комментировал Моше, - «Купол», «Железный купол»*.

А два часа спустя, после очередного «бума», он вошёл в комнату к вскочившему с кровати Хамиду и объяснил: «Не волнуйся, это ваша ракета разорвалась на открытой местности. Я проезжал такое место два дня назад, - добавил он. - Там бездомного пса убило осколком. Ужас! Все кишки наружу!»

«Ужас! – мрачно подумал окончательно проснувшийся Хамид, глядя на его белеющую во тьме кипу. – Ужасов ты, дорогой, не видел!»

Угадав его мысли, Моше усмехнулся:

— Я в Йом-киппурскую, в Йом-киппурскую воевал, в семьдесят третьем. И в Ливанскую, в Первую ливанскую. И не такого нагляделся. И друг у меня на руках умирал. И девочку, христианскую девочку видел, которую вместе с семьёй зарубили. Но не дай Б-г мне дожить до дня, когда у меня на пса, на бродячего пса, слёз не останется! Ну ладно, отбой тревоги. Пойду к себе досыпать.

И только когда из соседней комнаты раздался его храп, подумал Хамид: ««Всякий раз, как тревога, он бежит в эту комнату - «хедер бетахон», как он её назы-

---

* *Железный купол – израильская система ПРО, предназначенная для защиты от тактических ракет с дальностью полёта от 4 до 70 километров.*

вает даже когда говорит по-арабски. Наверняка пока
я не появился, он спал в этой комнате, в защищенной,
а теперь, выходит, он мне ее отдал?»

Хамид подошел к окну. Низкорослые фонари
выстроились вдоль дороги, устремив в землю жел-
то-оранжевые круглые глаза. В их скудном свете не
менее низкорослые пальмы шевелили растопырен-
ными острыми пальцами. За ними, точно рисованные
декорации, стояли низкорослые плоскоголовые дома.
Скучная картина. И вдруг шальная мысль, залетев в
мозг, прямо тряхнула Хамида. Волны крови залива-
ют его родину, а он здесь распивает кофе с.. с кем?
Так ведь с убийцей же! Как говорил этот Моше? «И
в Йом-киппурскую воевал и в Первую ливанскую».
Воевал — значит, убивал!

А за окном тишина. Тяжелая тишина. Пыльный
воздух, пыльная тишина. Затхлая тишина чужого
поселения, чужой жизни. Вот проехала машина. Нет,
не проехала, остановилась прямо напротив дома.
Странная какая-то машина. Зачем-то крутится на
крыше синяя мигалка... Велик Аллах — да это же полиция! Эх, Хамид-Хамид! Расслабился! Врагу доверил-
ся! И вот результат: как говорится, бежал от дождя,
попал под ливень! Да, конечно, хамасовцы сволочи,
так ведь они же свои! А тут... «Хедер бетахон» он ему
уступил! Забыл, что еще пророк Мухаммед называл
евреев лгунами, ведь сказано в пятой *суре* Корана:
«Не считайте иудеев и христиан своими помощника-
ми и друзьями...» Хорошо еще, что Инструкцию ему
не показал! Что же делать? Как найти выход... ну да,

выход из дома во дворик? Где тут задняя дверь?

Хамид быстро схватил чистую одежду, которую ему приготовил и повесил на стул Моше. Надо же, какой заботливый — ну да, главное усыпить бдительность, а одежду потом полицейские вернут в целости и сохранности, как только глупого араба в полосатую робу переоденут. А араб не такой уж глупый. Араб в новой чистой одежде... куда бы Инструкцию в пластиковом пакете приспособить? Ага, вот моток скотча. Отлично – прямо на тело и наклеим... готово!.. Паспорт на имя Хамида Кулани – хорошо хоть Сари, выправлявший этот паспорт, оставил Хамиду прежнее имя– меньше путаться! А что был Шафи, стал Кулани – делать нечего! Итак, паспорт сунем в бумажник, а бумажник – в карман. Так, сандалии... сандалии на нем - его собственные, драные, он в них из Шуджайи пришел - но ничего, сандалии новые он в аэропорту купит, а лучше не сандалии — Азат, сын Абу Авада, что побывал в Германии, рассказывал: их там не носят - а целые ботинки. А сейчас тихонько, тихонько, на цыпочках — ага, дверь не заперта! В этом — как они его называют — киббуце, заборов нет, ну и отлично.

И вот он уже в соседнем дворе, а вот - уже на соседней улице. Слава Аллаху — сейчас два часа ночи, евреи спят, как куры в курятнике. Но - не расслабляться, не расслабляться! Где же выезд из этого чертового киббуца? В какую сторону бежать? Ой, кто-то идет! Этого еще не хватало! Как известно, в чужом краю даже заяц может съесть твоего ребенка. Хорошо хоть ночью шаги далеко слышны!

Свернув в первый попавшийся проулок, Хамид оказался на детской площадке. Даже в блеклом свете фонарей горка сверкала разными цветами. Хамид посмотрел на ее ядовито-желтый пластиковый спуск, представил, как по нему скользят Мухаммад и Ахдаф, и – защемило. Тощим задом плюхнулся он на коня-качалку на пружинах, и показалось, будто весь Земной шар под ним задрожал.

А что это там за каменный куб в пол человеческого роста рядом с садовыми качелями? Да это же поилка!

Только сейчас Хамид почувствовал, до чего пересохло в горле – и от жары, и от горечи, и от страха, что его схватят, и от неопределенности. Перемахнув в два прыжка через всю площадку, он оказался у куба и увидел, что там два фонтанчика, а по бокам две кнопки. Чтобы не быть Буридановым ослом и не обижать ни один из фонтанчиков, он решить попить воды из обоих – сначала из правого, потом из левого… или наоборот? Ведь часовая стрелка движется слева направо! Стрелка движется слева направо, а пишем мы справа налево! Значит, начнем с правого.

Струйка была очень слабая и тонкая. Пока пил, Хамид несколько раз переводил дух. Перейдем к левому фонтанчику. Хамид наклонился чуть ли не к самому металлическом «жерлу» и, что было силы, нажал на кнопку. Мощная струя ударила ему в лицо. Ну надо же!

★★★

— Ну что, - спросил лейтенант полиции Хаим Сариэль сержанта Давида Левина. – Все тихо?

— А что может быть громкого в кибуце Саад? – ответил тот, вылезая из машины. – Ну, кроме ракет из Газы и «Железного купола»?

А сам вспомнил дурацкую фразу из какой-то постановки, которую слушал еще ребенком в Москве: « В Багдаде все спокойно». Что же это была за постановка? Ага, «Алладин и какая-то там лампа!». Или «Али-баба и сорок разбойников»?

Помнит только - он сидит на диване в... они не употребляли слова «салон». Говорили «большая комната». А бабушка по папе, баба Ната, русская дворянка в плотном еврейском окружении, слегка в нос произносила слово «гостиная». Кстати, бабе Нате в этом еврейском окружении было вполне уютно. Именно она настояла на том, чтобы внука назвали еврейским именем Давид. И, впоследствии именно она со своим аристократическим выговором произнесла сакраментальное: «Поднимаем жопы и валим в Израиль!» Бабушка, бабушка, чтобы ты еще сто двадцать лет была здорова!

Так на чем он остановился в своих воспоминаниях? Ах да, пластинка! «Аладин» или «Али баба»? Он не помнит. Помнит только песню «Персидские персики, зеленый чай!» Помнит себя, сидящим на диване и – жили они на первом этаже, а потому - на окне решетка. Он про нее еще стих натворил: «На окне моем решетка в виде солнечных лучей».

Давид очнулся. Воздух стал светло-синим. Еще немного, и - недавно еще казавшаяся черной куб «Крепость напротив Газы»? созданная в память об энтузиастах, построивших во время Войны за Независимость Кфар-Даром, Беэрот-Ицхак и Саад, окажется белой. И вон те кипарисы позеленеют. И об их верхушки зацепятся первые лучи солнца. И распахнется небесное окно! И вырастет на нем... все та же решетка в виде солнечных лучей!

***

Ну и где, где его искать? Зал отлета буквально кишит людьми. Прямых рейсов в Штутгарт нет. Как этот Хамид собирается лететь? Через Стамбул? Через Цюрих? Через Вену? Какой же он, Моше, идиот! Утром, когда выяснилось, что его ночной гость сбежал, надо было сразу же звонить в полицию — араб из Газы по фальшивому израильскому паспорту собирается лететь в Германию. Почему он ему поверил?!

Но что это? Вон тот тип у входа в коридор, ведущий прямо к огороженному стеклянной стеной залу, где проходят таможенный досмотр, а там уже и проверка паспортов. Это же его, Моше, белая в мельчайшую полоску рубашка, серые джинсы... Он!

Вот только через весь зал мимо регистрационных стоек бежать...

— Ваш билет? - деликатно осведомилась изящная сотрудница аэропорта, годящаяся ему во внучки, а с нынешними темпами молодежи - и в правнучки.

Моше запнулся. Объяснить ситуацию? Сказать: «Тут араб из Газы едет по фальшивому паспорту»? Мол, наплел про убитых детей, про доброго журналиста из Штутгарта — а вдруг все это ложь, мало ли зачем ему нужна Европа?

А действительно, зачем? И что теперь делать? Поднять тревогу? Ну, хорошо, предположим, тот, кто назвал себя Хамид, сказал чистую правду. Но он же пропадет в этой Германии! Уж лучше израильская тюрьма!

Лучше? Очутиться в камере с другими арабами, может быть, с террористами? Или передадут его Абу-Мазепу* — пусть арабы сами со своим разбираются. Уж они бы разобрались! Нет, все было сделано правильно. Но сейчас, сейчас-то как быть?

— Ваш билет! – повторила девушка.

Из кармана запела сороковая симфония Моцарта.

Любопытно, что всегда в ситуации, когда решаешь какую-то проблему, и при этом вдруг зазвонит телефон, сразу же начинает искрить — порой даже несбыточная — надежда, что к тебе пробивается кто-то, кто поможет эту проблему решить. Вот и сейчас: ну как — судя по номеру — Зеев, сосед, а по совместительству секретарь поселения, мог бы эту проблему решить? Может, он, Моше, ошибся и Зеев сейчас скажет: «Араб, который у тебя ночевал, пошел среди ночи гулять, заблудился, пришел ко мне и теперь сидит здесь, тебя дожидается»?

Он показал девушке на телефон, дескать, извини, одну минуточку, и отошел в сторонку.

— Слушаю!

— Моше, где ты?! Ты жив?!

— Здрасьте пожалуйста! С чего бы, с чего бы это мне не быть живым? Я тут по делам вздумал в Бен-Гурион съездить...

— Ты в аэропорту? Барух Хашем! И ничего не знаешь?

— А что я, собственно говоря, должен знать?

— Твой дом разбомбили!

— Что?! Когда?!

— Двадцать минут назад! Они выпустили «Град»! «Купол» не успел перехватить его...

Моше, ошарашенный, вскочил со скамейки. Зеев не тот человек, чтобы так шутить, да и никто другой так шутить не стал бы.

— Дом? Быть не может! Вдребезги, да? Вдребезги?!

— Ну, не то, чтобы вдребезги, но треть дома снесло, а остальное...

— Зеев, погоди, моя жена пробивается! Спасибо тебе большое! Я перезвоню! Алло! Алло!

— Моше! Моше! Моше! - рыдала в трубке Двора. - Ты ранен?! Тебе больно?!

---

* Абу-Мазен – лидер Фатха, председатель палестинской автономии.

***

«Вот она, Европа, - усмехнулся Хамид, разглядывал красную полоску на простыне. -

Представляешь, приеду в Шуджаийю, выйдет Али... Нет, Али уже ниоткуда и никуда не выйдет».

Да, Али, которого расстреляли как якобы агента ШАБАКа, уже ниоткуда и никуда не выйдет. Да и Шуджаийи больше нет. Груда развалин и обгорелых трупов, в том числе детских, разве это Шуджаийя? Впрочем, есть Мухтар. Да-да, Мухтар Садик! Выйдет Мухтар и спросит: «Ну, как там в Германии?» А Хамид ему: «А что в Германии? Клопы в Германии!» Мухтар поперхнется своим любимым кофе... впрочем, какой кофе?!... Кофе сейчас по контрабандным тоннелям везут, а египтяне — не то, что было в золотые времена, когда там правил Мурси - египтяне эти тоннели разрушают, кофе теперь бешеных денег стоит, как и все остальное. Но Мухтар все равно будет кофе пить. Штаны последние продаст, а на кофе наскребет! Так что сделает он маленький глоток золотого такого кофе, драгоценного кофе с кардамоном и скажет: «Ну да! Как это может быть? В Германии — и вдруг клопы?!»

Кровь на простыне. Его кровь. Его, значит, тяпнули. Интересно, куда?

Чесалось почти у щиколотки. Небось, волдырь здоровенный! Хамид подтянул к себе ступню. Волдыря не было, но ранка была — небольшая, словно крохотный вампирчик поработал.

Хамид спустил ноги на пол и потянулся. Осмотрел номер.

Вчера, выйдя из аэропорта, плюхнулся в подъехавшее такси и пробормотал по-английски: «В гостиницу. В центре города — самую дешевую».

«Самая дешевая - «Гамбург», - сказал черноволосый таксист, чья внешность совсем не вязалась с привычным образом белобрысого немца. - Но все равно дорого: одноместный номер — не меньше ста евро за ночь».

Хамид был настолько поражен тем, как хорошо этот чернявый европеец знает расценки в местных гостиницах, что не сразу понял, что тот говорит с ним по-арабски. А когда понял, произнес только одно слово: «Откуда?» «Из Каира, - отвечал тот. - А ты из Палестины?» «По акценту догадался, - понял Хамид, - я бы тоже мог по акценту узнать египтянина»... Но он ничего уже не мог — в машине укачивало, тьма резала глаза, а измотанность последних дней наваливалась черной тушей. Как во сне, он расплатился с водителем, как во сне, протянул деньги и паспорт девице, исполнявшей роль портье, как во сне, взял ключ и поднялся на лифте на второй этаж.

И вот теперь свежий, хотя и покусанный клопами, стоял он у окна и смотрел на улицу немецкого города, на прохожих, которые, услышав свист мобильного, сообщающий, что к ним пришла SMS, не трясутся от ужаса и не хватают в охапку ребенка, чтобы бежать как можно быстрее и как можно дальше. Впрочем, SMS к ним приходят от родных или знакомых, от рекламщиков, от кого угодно, только не из штаба вражеского ЦАХАЛа, предупреждающего мирное население, что в такое-то время в таком-то месте будет обстрел.

Прямо напротив гостиницы вытянулось длиннющее трехэтажное здание, на котором между вторым и третьим этажами простерлась надпись сначала черными буквами «FITNESS / WELLNESS / KURSE», затем красными - ЭSTRONG, FIT + SEXY... nur fur Frauen» и опять черными, но, как будто от руки - ZUMBA. Заканчивалась эта иероглифика изображением полуобнаженной женщины.

Повернувшись к окну спиной, Хамид обвел глазами номер. Вот, дружок, какой у тебя, значит, теперь приют. Ни гудения беспилотников, ни руин, ни трупов, ни SMS, сообщающих, что нужно бежать, но не объясняющих куда, ни удаляющегося звука хамасовских ракет, ни приближающегося звука ракет еврейских. Уютный гостиничный номерок. Чисто, очень чисто, хотя изрядно ветхо. Углы отбиты. Ну, понятно, самая дешевая из гостиниц в центре города. Хотя, с другой стороны, какая бы ни была дешевая, на ремонт должно хватать денег. А вот зачем из двери туалета выпилен целый прямоугольный кусок сантиметрах в десяти от пола — это загадка. Для пущей вентиляции что ли?

Неужели он, под чьими подошвами еще три дня назад хрустели осколки стекла, осколки чьего-то дома, чьего-то уюта, чьей-то жизни, способен обращать внимание на такие вещи? Да, способен! Способен! Способен! И, если способен, значит, жив!

Кушать хочется. Хамид оделся и вышел в коридор. Стоило ему подойти к стеклянной двери, ведущей на лестницу, как вмонтированные в потолок лампочки резко вспыхнули, освещая ему дорогу. Как интересно! Хамид почувствовал себя деревенским увальнем, очутившемся в асфальтовых джунглях. А вот лифт зря останавливается только между этажами. Очень неразумно. Куда бы ты не поднялся, чтобы попасть в свой номер, придется идти по лестнице.

В холле народу не было. Девушка, сидевшая на «ресепшене», полная и белокурая, улыбнулась и сказала:

— Ваш завтрак вас ждет.

— Завтрак? - удивился Хамид.

— Завтрак входит в стоимость проживания, - произнесла сотрудница гостиницы и вновь улыбнулась.

На несколько секунд Хамид растерялся. Завтрак входит в стоимость? Он не помнит, чтобы вчера об этом шла речь. Правда, за компьютером сидела другая девушка. Хотя он и спал на ходу, но ту запомнил: тоже полненькая, но темноволосая, с большими карими глазами. Нет, вроде бы ничего про завтрак она не говорила... или говорила, но в тот момент его сон на ходу был особенно крепок? И опять же — как быть с *халялем*? Что из того, что здесь подается, может есть правоверный мусульманин?

Белокурая красотка истолковала его растерянность как смущение провинциала, и вышла из-за стойки. На ней была униформа работниц гостиницы,

довольно, кстати, необычная - черное платье с белым
передником, галстук, состоящий из двух красных
ленточек, плоская соломенная шляпа поверх узкого
чепца с оборкой, белые чулочки и туфельки на низ-
ком каблуке. Очевидно, имелось в виду традиционное
одеяние какой-нибудь пейзанки из окрестностей Гамбурга.

Жестом предложила ему сесть за столик, а затем
отправилась на кухню, что-то там скомандовала и,
вернувшись, довольная объявила: «Сейчас будет яич-
ница!» После чего прошествовала обратно за стойку.
«Откуда она знает, что я люблю яичницу? Так ведь
яичницу, наверно, можно поесть, что там может быть
запрещенного?» - думал Хамид, провожая благодар-
ным взглядом ее крепко сбитую фигурку.

Сам он подошел к автомату, попробовал разные
виды кофе и остановился на «экспрессо». Конечно,
без кардамона кофе не кофе, это вам любой араб
скажет, но что делать с этими европейцами? Опять!
Велик Аллах! Вспомни, Хамид, когда ты в последний
раз кофе пил! Вспомнил. Вчера. У Моше. А до этого -
месяц назад. Значит, этот месячный недостаток кофе
надо срочно возместить. Ведь высший арабский ком-
плимент так и звучит: «Ты мелешь кофе целый день»!
Так араб он, Хамид, черт возьми, или не араб?! А если
так, то... то такое количество его никак не устраивает.
Нальют три капли на донышко бумажного стаканчи-
ка и думают – достаточно!

Он начал давить на кнопку автомата и давил еще,
и еще, и еще, пока стакан не наполнился на две трети.

Затем уселся за столик и, потягивая напиток, который мы с вами сочли бы божественным, а он - пародией на божественный, - стал оглядывать холл. Несмотря на название отеля, видов собственно города Гамбурга было раз, два и обчелся, зато все стены были увешаны картинами с изображениями кораблей, верфей и портов. То тут, то там стояли стеклянные витрины с маленькими моделями парусников, а в витрине красовалась большая модель каравеллы.

Справа от стойки, где можно было получить разнообразные соки и фруктовый салат, висела карта. Подойдя к ней, Хамид сразу понял, что Штутгарта он там не найдет. Штутгарт оставался далеко на юге, а бродя по карте, вы оказывались на туманном севере Германии, омываемом холодной Балтикой. Киль... Росток... а вот и Гамбург. Ну как же, крупнейший порт! Вот откуда взялись верфи и парусники.

А это что за стенд там у двери? Сверху — разноцветные проспекты — шпаргалки на предмет того, что туристу следует посетить в славном городе в первую, вторую и прочие очереди? А что снизу? Ого, а вот снизу как раз то, что надо — газеты! Разнообразные газеты, выходящие в Штутгарте. Вот сейчас он просмотрит списки членов редколлегий и в одной из них непременно окажется Герман Шрёдер («Уленшпигель»). Ну, а дальше — выйти на него — дело техники...

Газета за газетой отработанным материалом летели на соседнее кресло. Перед глазами Хамида мельтешили разнообразные гансы, хуго, альберты и вильгельмы, было несколько германов, но среди них - ни одного Шрёдера, то есть была парочка шрёдеров, но среди них ни одного Германа. И уж точно ни в одной редколлегии не значился журналист с псевдонимом «Уленшпигель».

Это дело надо перекурить. Как же он в «Бен-Гурионе» не запасся сигаретами?! В Рафахе в свое время купил свой любимый Pall Mall в темно-синей пачке за пятикратную цену — пятьдесят шекелей, а в аэропорту мог ведь купить сколько угодно пачек по нормальной цене, да не до того было — все озирался, не гонится ли полиция. А теперь — пожалуйста! Осталась последняя сигарета, и скоро придется тратить драгоценные евро, чтобы купить новую пачку.

Хамид вышел из гостиницы, благо стеклянные раздвижные двери весь день стояли открытыми. Ого, прямо на стене по обе стороны этих дверей висят металлические ящички-пепельницы. Кури — не хочу!

Сладко затянувшись, Хамид вдруг вспомнил, как в первый раз открыл для себя полгода назад эти сигареты-зубочистки, как наслаждался ими, сидя на скамеечке в садике больницы «Аль-Вафа», ждал, когда выйдет Латифа, которая работала там медсестрой, и тут вдруг толстый Ясер Тирауи из дома напротив подошел к нему, сидящему на каменной скамейке, взглянул этак ехидно и спросил: «Халь анта наблуси?» - «Ты наблусец?» Почему-то жителей Наблуса традиционно отождествляют с гомосексуалистами. И опять же — если куришь «дамскую» сигарету, значит, гомик. С тех пор Хамид не раз, закуривая, слышал вопрос: «Давно ли из Наблуса?» Пару раз даже не сдержался, дал по физиономии.

Хамид загасил окурок и, аккуратно сложив его пополам поместил в настенную пепельницу. Надо же, какие здесь тротуары чистые! Потому, видать и чистые, что народ не гадит. Не то что Газе — даже Израилю далеко до этих немцев. Правда, в Израиле он сам бывал лишь проездом – но люди говорят!

«Эх, нам бы в наших краях такую чистоту, - подумал Хамид, - да вот публику нашу пойди, приучи! Верно говорят – от ворона не родится сокол».

А вот эту картинку Хамид не то, что в жизни не видел – он представить себе не мог, что такое возможно. Мимо прошествовала рыжеволосая особа на каблуках, что увеличивали ее и без того изрядный рост процентов на десять, в джинсах, которые были размера на три меньше того, что они облегали, так что ткань казалась синею краской, тонким слоем нанесенной на голую кожу. Но самое забавное было не это. Дамочка вела на поводке большую красивую… кошку! Кошка была ослепительно белой, буйно-пушистой, с чуть розоватыми ушками и нежно-голубыми глазами. Хозяйка казалась вполне стройной, хотя и крепко сбитой, а кошка явно слегка страдала избыточным весом. Но походка у обеих была одинаково величественной.

«Persian?» спросил Хамид, едва справившись с изумлением. Женщина кивнула, а затем, улыбнувшись, в свою очередь спросила: «Are you a cat-lover?»

Хамид пожал плечами и парочка, не дождавшись

ответа, двинулась дальше.

Любит ли он кошек? Да нет, у них в Газе как-то не очень принято их держать дома. Двойственное к ним отношение. С одной стороны известно, что сам пророк Мухаммад однажды, собираясь на молитву, обнаружил, что на крае его одежды спит его кошка. В тот момент он торопился на намаз, не хотел тревожить животное. И что сделал Божий Посланник? Отрезал ту часть своей одежды, на которой лежала его любимица!

А в сборнике хадисов Бухари приводится история, как одна женщина была брошена в Геенну за то, что заперла своего кота и морила его до тех пор, пока тот не умер от голода.

С другой стороны, многие мусульмане считают кошек нечистыми животными - ведь хищники, а значит, могут употребить в пищу что-либо из наджаса (нечистот), например, внутренности своей жертвы. Отсюда, прикосновение языка кошки к воде или же к человеку также является нечистым.

А узнал он в белой красавице персиянку потому, что она была копией Сони - кошки, принадлежащей той самой россиянке Закии, о которой он еще вчера рассказывал Моше. Когда Сонечка заболела, Закия связалась с международными организациями по защите животных, рассказала свою историю в русскоязычной группе в Фейсбуке "Израиль любит кошек". В итоге ей удалось совершить невозможное – переправить Соню через КПП "Эрез" представителям израильской организации по защите животных

"*Тну ла-хаёт лихьёт*" . Состояние Сони улучшилось, но ветеринары продолжали лечение и наблюдение. Вплоть до начала войны Закия поддерживала постоянную связь с клиникой.

Кстати, в Шуджайе многие выражали возмущение поступком Закии. «Тут дети в больницах умирают, – шипели они ей вслед, - а эта со зверьем возится!»

«Сами вы зверье!» – огрызалась Закия.

Как часто бывает – зациклишься на какой-то проблеме, и кажется – нет решения. Потом вдруг отвлечешься, а когда вновь вернешься, взглянешь свежим взглядом и все увидишь по-иному.

Вот и теперь – не успел Хамид вновь вернуться к делам своим скорбным, как проклюнулась новая, спасительная, мысль: если Шрёдер и не работник редакции, то в газетах-то он все равно печатается. Это называется — фрилансер. Значит, надо просматривать газеты, пока не наткнешься на его фамилию и псевдоним не только в списке сотрудников редколлегий, но и в качестве подписей под статьями. В какой газете наткнешься, в ту редакцию и бежать надо. Не может быть, чтобы в редакции не было телефона сотрудника, даже и внештатного.

Хамид вернулся в холл и бросился к вороху газет, безнадежно разбросанных по креслу. Перебирая одну за другой, он начал читать подписи под статьями. При этом в самих статьях он не понимал ни слова, но это было неважно Schroder Herman ("Ulenspiegel")... Schroder Herman ("Ulenspiegel")... Schroder Herman ("Ulenspiegel")... Трупы газет ложились друг на друга, пока последняя «Ди Вельт»" не накрыла белыми крыльями, испещренными письменами, скукожившиеся, а точнее, полускомканные «Унтертюркхаймер Цайтунг» и «Штутгартер цайтунг». Не понимая ни что происходит, ни что в этой ситуации делать, Хамид решил еще раз перекурить, выудил из кармана пустую темно-синюю пачку из-под Pall Mall'a, скомкал ее и пошел к автомату покупать новую пачку.

Синего Pall Mall'a не было. Хамид решил взять белую пачку «Мальборо», поскольку, как известно, белый цвет - признак «лайта», бросил четыре с половиной евро в прорезь, но ничего из автомата не выскочило. Хамид подошел к девушке на «ресепшене» и пожаловался на жадную машину. Кстати, это была уже не блондинка, а другая девушка, та, ночная, кареглазая. Девушка оторвалась от компьютера, вышла из-за стойки и, покачивая бедрами, проплыла мимо Хамида, вертя в руке какую-то пластиковую карточку наподобие «Визы». Эту карточку она то ли вставила в какую-то прорезь, то ли приложила к какому-то окошечку на поверхности автомата.

— Все, - ласково сказала она Хамиду, - можете пользоваться.

И поплыла обратно к стойке причем одарила араба улыбкой почти официальной, и одновременно обожгла его взглядом, исполненном такой страсти, что Хамид аж поежился: «Что это с ней?!»

«Мальборо» оказалось редкой гадостью; «лайтом» там и не пахло. Сделав несколько затяжек, Хамид вынужден был согласиться с надписью на пачке.

Правда, полностью прочесть ее он не смог, но слово «Impotenz» разобрал, понял, к чему по мнению медиков, ведет курение и мрачно признал: «Курение таких сигарет — без сомнения ведет к этому самому!» Разумеется, никакая блестящая идея под их воздействием в голову прийти не могла. У входа в гостиницу Хамид, пустым взглядом шаря перед собой, обратил внимание на половичок с надписью. «Herzlich Willkommen». Ну, "Willkommen", это, наверно, родственное английскому «Welcome", а вот что такое «Herzlich»? А, ну конечно же - "Herr" - по-немецки «господин» это всякий знает. «Herzlich* Willkommen" - «Добро пожаловать, господа!»

Хамид был дважды доволен — и тем, что так легко разгадал неожиданный ребус, и тем, что сумел еще раз отвлечься от проблемы и опять сможет посмотреть на нее свежим взглядом. Свежий взгляд действительно помог — через секунду Хамид, окрыленный новою идеей, уже стоял у «ресепшена» и, поглядывая на млеющую от вожделения толстушку, рычал в трубку: «Алло, справочная?! Справочная?! Справочная?!»

— Давайте я, - мягко и одновременно с тем повелительно произнесла толстушка и, буквально выдернув у Хамида из рук трубку, стала повторять под его диктовку. - Schroder Herman, ja, ja!..

Наступило молчание — очевидно, она ждала ответа. Вдруг, выдав очередное «ja, ja!», как-то странно дернулась и возмущенно затараторила по-немецки. Снова воцарилось молчание, во время которого немка пару раз картинно закатывала глаза, а потом тайком скашивала их на Хамида «ну, мол, как я тебе?» Потом опять «ja, ja!" и, выслушав окончательный вердикт, она обескураженно положила трубку.

— Нет в Штутгарте Германа Шрёдера. Есть несколько других Шредеров — Хайнрих, Курт... Нет смысла им звонить — Шрёдер распространенная фамилия. Это наверняка однофамильцы.

— А вдруг родственники, и они знают, где...? - прошептал Хамид.

— Вряд ли, - пожала плечами девушка. - Только время потеряем.

— Что же делать? - уже в полной растерянности пробормотал Хамид.

— Сейчас подумаем... Так вы говорите, он журналист, и его псевдоним «Уленшпигель»? Хорошо. Посидите пока вон там, попейте кофе, а я пока пробегусь по интернету. Кстати, меня зовут Марион.

— Спасибо, Марион, - пробормотал Хамид.

Через пару минут она подошла к Хамиду и сообщила:

— Герман Шрёдер — псевдоним «Уленшпигель» регулярно печатается в газетах

— «Штутгартер Альгемайне Цайтунг» и «Нойе Штутгартер Цайтунг», а также на сайтах... так, ну это ладно... Редакция «Нойе Штутгартер Цайтунг» находится совсем недалеко отсюда — Шлоссштрассе 17, но только... Но только думаю, будет лучше, если... ммм... если мы с вами вместе подойдем...

---

* *Herzlich (нем.) - сердечно*

— Почему? - удивился Хамид.

— Видите ли... Насколько я поняла, ваш Герман Шредер фрилансер и печатается в разных газетах.

— Ну и что?

— А то, что в редакции могут дать номер его домашнего телефона или адрес или e-mail, а могут не дать. И... и будет лучше, если мы пойдем вместе.

***

Треть дома. Но какая треть! Пол покрыт щебенкой, которая еще недавно была частью стены. А другая стена похожа на обожженный скелет, откуда паутинятся жилы проводов. Где был потолок — голые балки. Дверь ванной комнаты снесена, и там спущенным белым флагом с белого пластмассового карниза свисает клеенчатая занавеска, осыпанная известкой. А вот здесь угла в доме вообще нет — вместо него дыбом встали бетонные блоки с торчащими из них стрелами арматуры.

Он ходит по своему дому, а под ногами пружинят груды досок да хрустят осколки стекла, через которое он еще вчера смотрел на деревья, на людей, на небо. Вот здесь стояло кресло, его любимое кресло... остались обугленные щепки. Здесь он вчера сидел и вспоминал Шимона. И сидел бы сегодня, сидел бы в ту минуту, когда долбанул «Град»*, если бы...

Если бы... если бы...

Да ведь это «хедер бетахон», комната-убежище. Не выдержала, не выдержала прямого попадания!

Так вот что такое холодный пот! До шестидесяти лет дожил Моше и только сейчас понял — холодный пот это когда смотришь на то место, где должен был лежать твой труп. И лежал бы, если бы... если бы...

Если бы не Хамид!

***

Перед тем, как выйти на улицу, Марион успела переодеться. Вместо дурацкой соломенной шляпы и всей этой веками овеянной униформы, на ней был модный темно-серый комбинезон с брюками, расклешенными от бедра, того же цвета сумка с длинной бахромой висела на обнаженном пухлом плече.

Обрамленная старинными, но довольно высокими домами, улица изгибалась дугой. Хамид и Марион пошли вдоль трамвайных путей. Идти было недалеко, хотя пару раз их все-таки обогнал новенький желтый блестящий трамвай. Псевдо-готика вековой или двухвековой давности неожиданно сменилась вполне современными домами-кубами.

— Пришли, - объявила Марион и, оставив Хамида перед тяжелой дверью, втиснувшейся между огромными окнами-витринами, двинулась внутрь одна.

— А я? - спросил Хамид.

— Здесь подождешь, - отвечала она, затем, в очередной раз критически оглядев Хамида с головы до ног и не менее критически покачав головой, мрачно констатировала: - Араб.

*Град – реактивная система залпового огня.

— Но почему, почему? - возмутился Хамид. - Ну и что, что араб? Так ведь они же сочувствуют нам! Так ведь они же нас любят!

— На расстоянии! - подытожила Марион и, войдя в подъезд, захлопнула дверь прямо перед носом Хамида. Просто захлопнула, не заперла. Но...

... Не может быть! Это наваждение! Эта зеленая дверь была точной копией той, к которой он тогда, в тот проклятый день, рванулся, чтобы спасти Мухаммада и Ахдафа. Вот в правом верхнем углу невесть откуда взявшиеся застывшие капли белой краски. Вот внизу кем-то выцарапана буква ة «та марбУта». А это что? Откуда взялись эти красные пятна?! Велик Аллах! Да это же отпечатки его собственных рук, когда он впился исцарапанными, окровавленными пальцами в эту запертую дверь, дверь подъезда, которую никогда никто не запирал, а вот теперь она стала неприступной, и он яростно, безуспешно, безнадежно пытался выломать, высадить, выдавить ее! А потом... а потом там, на востоке, раздался этот страшный звук, нарастающий с бешеной скоростью. И оно ударило! И земной шар тряхнуло. И сквозь гром послышался хор ужаса, и Хамиду показалось, что в этом многоголосье он слышит, как Мухаммад и Ахдаф зовут его. И вновь тишина, только грохот разваливающихся балок да треск нарастающего пожара. А затем открылась бездна, из которой хлынули океаны огня — то алого, то рыжего, то оранжевого - и черного дыма. И были они неиссякаемые. А он стоял посреди улицы, задрав голову, и смотрел, смотрел на это извержение, на эту рыжую, алую, черную, золотую лаву... И увидел, как к двери подходит лично командир хамасовцев, короткобородый, без маски. Вытаскивает из кармана ключ, не торопясь отпирает дверь, на которую успели уже опуститься первые хлопья пепла, и жестом радушно приглашает Хамида внутрь.

— Вот...

Голос Марион пробудил его. Он осмотрелся. Дверь была совсем не та. Капли краски были никакие не белые, в отличие от той, что в Шуджаийе, а светло-бежевые. «Та марбута» была никакая не «та марбута», а просто царапина. Отпечатков окровавленных пальцев не было вообще — они Хамиду пригрезились.

Хамид посмотрел себе под ноги. Там лежало два окурка, докуренных до фильтра и один выкуренный наполовину. Это значит, он их высмолил, пока грезил наяву. Впрочем, такую гадость только в бессознательном состоянии и можно курить.

— Ну и долго ты будешь очухиваться?..

Марион, насмешливо глядя на приходящего в чувство Хамида, который со стороны казался просто заспанным, протягивала ему какую-то бумажку. А он медленно перетекал из той вселенной, где заживо сгорали его дети, в ту, где на тихой немецкой улице его тормошила немецкая девушка.

Почти машинально взял он зеленоватый квадратик и увидел набор цифр и имя человека, которого он искал.

— Фрилансеры, - пояснила Марион, - по редакциям не сидят. Хорошо хоть номер телефона дали.

— Так ведь скорее в гостиницу! - воодушевился Хамид. - У меня же нет мобильного! Я позвоню с ваше... ну, с вашей стойки... Там телефон!

— У меня и здесь телефон, - спокойно сказала Марион, достав из сумки с бахромой и великодушно протягивая ему сотовый. - Звони.

***

Но позвонить Хамиду не удалось. Сначала были длинные нудные гудки, это тянулось так долго, что Хамиду стало казаться будто Шрёдер откуда-то издалека едет домой и слышит — тоже издалека - как у него дома звонит телефон и как он, Хамид, дышит в трубку, дрожа от нетерпения, и Шредер торопится, торопится. Но не успел. В телефоне щелкнуло, и приятный женский голос начал что-то обстоятельно вещать на немецком. Выхватив у Хамида из рук аппарат, Марион нервно приложила его к уху и чуть ли не с торжеством произнесла: «Абонент вне зоны доступа. Оставьте сообщение».

Сообщение! О чем? О том, что он просит о встрече? Но как им потом связаться?

— Ты должен купить себе сотовый телефон. У тебя деньги-то есть?

Хамид кивнул.

— Ну, вот и хорошо. Иди прямо по этой улице, дойдешь до Кёнигстрассе, там магазин «Clove». А я пойду, мне до пяти работать. Еле упросила Катрин подменить меня на час.

Она резко развернулась и двинулась прочь.

— Спасибо большое! - уже практически вслед ей крикнул Хамид.

Как вкопанная, остановилась Марион.

— Спасибо? Ну, нет, одним «спасибо» ты не отделаешься. Ровно в пять я заканчиваю, ровно в пять ты ждешь в своем номере…

— Жду чего? - пролепетал Хамид.

Только стук каблучков был ему ответом.

***

Замотанная в шаль старуха сидела на асфальте, раскачивалась из стороны в сторону и пела...

Подойдя ближе, Хамид обнаружил, что слегка ошибся. Во-первых, не очень старуха. Ну, лет сорок-пятьдесят, не больше. То есть в глазах, скажем, его отца - да упокоит Аллах его душу! - она бы считалась старухой, но сейчас, когда врачи так хорошо работают... ну, в общем, не старуха сейчас сорокапятилетняя. Но эта вот женщина выглядела глубокой старухой. Во-вторых, что значит «пела»? Выла - да, голосила — да, но пела? Пеньем это назвать было трудно. И слова разобрать было трудно. Явно это был не арабский язык. Скорее всего, турецкий, а быть может, фарси. Но это была единственная мусульманка, которую он встретил за все время в Штутгарте, если не считать ночного водителя. А еще говорят, мол, в Европе сплошь мусульмане. А где они? Уже почти час как бродит он по городу — и ни одного! Нет, смуглых много, но поди разбери откуда они! Может, бразильцы какие или греки. Мусульманин - он должен в мусульманской одежде ходить. Правда, в Газе и даже в его родной Шуджаийе полным-полно мусульман, которые одеваются по-заморски. Так ведь то у себя дома! А среди гяуров нужно подчеркивать свою верность Аллаху. Конечно, сам он одет по-европейски, чтобы не сказать: «по-еврейски»... да нет, еврейского в его одежде ничего нет, разве что вся она с еврейского плеча! Вот именно! Его ли вина, что половина его галабеи в виде лоскутков осталась в туннеле между Бейт Хануном и Кисуфимом? Как только он здесь осмотрится, обязательно купит себе национальную одежду. Но сейчас проблема куда более насущная — голод и как с ним бороться в стране, где свинина — национальное блюдо.

В очередной раз позвонив Шрёдеру со свежекупленного аппарата и в очередной раз выслушав монолог автоответчика, он подошел к поющей старухе, присел на корточки и вежливо произнес: «Халь юмкынука ан тансахуни ила матъам халяль? - Вы можете порекомендовать мне халяльный ресторан?» По тому, как женщина отшатнулась, он понял, что арабского она не понимает.

Спустя пять минут после фиаско со старой турчанкой или персиянкой, Хамид признал своего в некоем бородатом подростке, но подошел к нему с определенной осторожностью — в Газе такая внешность явственно указывала на принадлежность к ХАМАСу.

— Какой там ресторан?! - махнул рукой юпый бородач. - Иди прямо, и через пять минут справа будет шаурма.

И через пять минут он снова был дома. Он сидел за столиком, ел настоящую шаурму и запивал настоящим кофе с кардамоном. Он закрыл глаза. Запахи... Запахи были тамошние, родные! Речь... Речь рядом звучала арабская, правда, с каким-то непонятным акцентом, похоже, тунисским. Вокруг стульев с визгом бегали малыши... если покрепче зажмуриться, можно представить себе, что это Мухаммад и Ахдаф...

— Ну что, освоился? Как там в «Гамбурге»?

Хамид открыл глаза и посмотрел непонимающим взглядом на мужчину в черной футболке, который тряс его за плечо.

— Не узнаешь меня?! Ну да, ты же тогда спал на ходу! Я – Гамаль, шофер, который вчера вез тебя в гостиницу из аэропорта.

***

— Какая, спрашиваешь, печаль заставила меня по воле Аллаха покинуть родную Газу и переместиться в вашу холодную Германию? Ну что ж, Гамаль, слушай. Жил я себе в Шуджаийе, это предместье Газы, молился Аллаху, работал в школе, учил детей английскому языку. Говорят, здесь, в Германии в школах запрещают бить детей плеткою. Так ведь, поверишь мне - за двенадцать лет работы в школе ни разу никого не ударил. Меня даже к директору однажды вызывали

— дескать, дисциплина у тебя, дружище, страдает, а ты с ними, засранцами, либеральничаешь.

В народе говорят, - перебил его подремывавший дотоле Гамаль, приоткрыв один глаз, - «лучше заставлять дитя плакать, чем самому потом плакать о нем». У тебя-то самого жена есть?

— Была, - ответил Хамид, - Красивая... Айя звали.

— Одна?

— Так ведь мне второй не надо. И три сына были — Мамдух, Ахдаф и Мухаммад. Нет, дома у нас своего не было. Так ведь последние девять лет — блокада, стройматериалы достать невозможно — все уходит на строительство бункеров да туннелей, а если что сыщешь, то стоит бешеных денег. И дернул нас шайтан этот ХАМАС выбрать себе на голову!

— На выборах-то, небось, за него голосовал?

— Конечно за него! Так ведь все за него все голосовали! Казалось так просто: ФАТХ – сплошное ворье, а ХАМАС – честные верующие люди, кстати, собирающие огромные пожертвования для бедных, ФАТХ интифаду проиграл, а ХАМАС выиграл. В Рамаллу и в Шхем, где правит Аббас, еврейские войска заходят, как к себе домой, кого хотят отстреливают, кого хотят арестовывают, а из Газы, где хамасовцы «кассамами» пуляются, евреи и армию выводят и поселенцев силой изгоняют. Головой-то я понимал, что радоваться тут нечему, что от еврейских теплиц в их поселениях, да и от строительства в самих поселениях, мы ничего плохого не видели, только рабочие места, и это при нашей повальной безработице. И самое главное — мне было ясно, что оккупация -это, конечно, плохо, но бандиты у власти, что у нас, что в Рамалле — куда страшнее. Так ведь понимать я понимал, но, когда на улицах ликование, когда ученики прибегают с шербетом и мухалла-бией и поздравляют, когда жена приходит с работы, сияя от счастья, тогда волей-неволей заражаешься этим настроением, и ноги сами пускаются в пляс. Ну, а там уже и выборы были на носу. Это потом, когда прошла эйфория, мы поняли, кого выбрали, да и то не сразу. Зато со временем поняли еще кое-что - что черные дни оккупации, когда можно было говорить, что хочешь, миновали, и теперь нужно держать язык за зубами, если не хочешь бесследно исчезнуть, как Али Суейф, выразивший во время разговора в кофей-не сожаление, что израильтяне в две тысячи третьем, стреляя с воздуха, только ранили Исмаила Ханию.

Но жизнь продолжалась. Рождались сыновья, взрослели ученики, появлялись седые волосы, выздо-равливали люди, которых лечила Айя. К несчастью, в день, когда ХАМАСовцы стреляли с территории больницы, где работала Айя, туда заявился Мамдух - маму навестить. Вот и навестил. Я потом видел их обгорелые трупы — лежали у ограды больничного садика. Ответным израильским ударом накрыло... Ты знаешь, что такое хоронить своего ребенка? Ты заешь, каково отворачиваться, закусив губу, когда твои дети спрашивают: «Папа, а когда мама с Мамдухом вернут-ся?»

---

* Исмаил Хания – один из лидеров ХАМАСа.

День за днем евреи атаковали Шуджаийю. День за днем хамасовцы стреляли из дворов, из школ, из жилых домов, а евреи послушно отвечали им, уничтожая давно покинутые бандитами ракетные установки, а заодно и мирных жителей, которых хамасовцы использовали как живой щит. Я удивлялся и тем и другим. Зачем евреям так подставляться? Неужели нельзя придумать что-нибудь другое, чтобы не идти на поводу у негодяев. Так ведь и хамасовцам я удивлялся. Ну хорошо, равнодушные репортеры, скороговоркой перечислив сколько ракет упало на территорию Израиля, направляют объективы камер на руины, из которых торчат куски ржавой арматуры, на окровавленные тела и на летей с перевязанными обрубками рук и ног. «Так ведь найдется, - думал я, - журналист, которому, как Уленшпигелю, пепел Шуджаийи стучит в сердце?» Что-что? Ах, кто такой Уленшпигель… Так ведь это герой романа одного бельгийского писателя, который… а впрочем, неважно. Важно, что рано или поздно появится такой журналист и крикнет на весь мир, что король голый, и расскажет всему свету о том, кто истинный виновник нашей боли, нашей крови, нашего пепла. Но журналист не появлялся, дома продолжали рушиться… И вот однажды я получил СМС, где израильтяне меня предупреждали, что наш дом находится в зоне обстрела и они просят нас немедленно его покинуть. Мы с Мухаммадом и Ахдафом, в чем были, влезли в мой полуразвалившийся «фиат» и поехали куда глаза глядят. Ах, если бы эти глаза поглядели в другую сторону, быть может, мои дети были бы сейчас живы. Так ведь недалеко мы усхали квартала два или три проскочили, а там… там - улица была перегорожена. Они выволокли нас троих из машины, затащили в четырехэтажный дом и погнали вверх по лестнице. А потом была крыша.

***

Машина завернула налево, резко замедлив ход, нырнула под мост и понеслась по главному проспекту Пардес Ханы, время от времени замедляя ход на «кикарах», - маленьких круглых площадях-перекрестках.

Права была Двора. Действительно, здесь после Юга, не вылезающего из-под бомб, поражала тишина. Тишина была написана на лицах.

О чем он? Сейчас самое главное — осмыслить то, что с ним произошло. Итак, к нему на бензоколонке в тот момент, когда он садится в машину, подходит араб, некий араб и спрашивает, куда он, Моше, едет. Случайность? Конечно, чистая случайность. В результате араб оказывается у него в доме — тоже случайность, но уже не такая... чистая, так сказать. Хотя, с другой стороны, какая же она — грязная, что ли? Просто это нормально — встретив человека, которому некуда идти, предложить ему разделить с тобой хлеб и кров. Это то, чего от нас требует Вс-вышний. Да-да, тот самый, которому Моше так пылко молился на берегу за несколько минут до странной встречи. Значит, ничего случайного в том, что он приютил путника, нет. Идем дальше. Ночью гость исчезает. О кей, поведение арабов вообще непредсказуемо. То есть отнесем это к случайности, хотя на самом деле есть здесь какая-то закономерность, просто мы ее не знаем.

Обнаружив «пропажу», Моше оказался перед выбором — звонить в полицию, отправиться в «погоню» самому или махнуть рукой - «что он, сторож брату своему», двоюродному, кстати? Последний вариант явно не годился, потому что — да, сторож! Ведь он, Моше, как и все люди потомок Шета, а не Каина, чтобы так отвечать. И все, выходит, друг за друга в ответе. Но и первый вариант — не выход. Он уже обдумывал его и не раз — это значило подставить Хамида, может быть даже рискнуть его жизнью. Следовательно, никакого выбора, реального выбора у Моше не было. Не мог, не мог он не поехать в аэропорт. А значит, ничего случайного в этой «цепочке случайностей» нет. Выходит, Хамид был послан Вс-вышним, чтобы спасти Моше, а не только Моше послан Вс-вышним, чтобы спасти Хамида.

Стоп-стоп, не так быстро!

Мысленно сказав себе это, Моше даже машинально нажал на тормоз, за что и заслужил гудок из «мазды», чуть было не упершейся ему в бампер, а вслед за тем и наилучшие пожелания от ее хозяйки.

Моше вывернул свою «субару» ближе к тротуару, вильнул спасенным бампером и пропустил вперед «мазду», чьей владелицей оказалась очаровательная блондинка, которая, как показалось Моше смотрела не на дорогу, а все больше на внутрисалонное зеркало дальнего вида, любуясь своей красотой.

«Но ведь он меня действительно спас, а я... я даже не знаю, где он сейчас находится!» - с огорчением заключил Моше въезжая во дворик дома, где жила одна из его дочерей и где сейчас его Двора покоряла вершины педагогики, занимаясь выпасом внуков. Чуть ли не из-под самых колес выпорхнули многочисленные разноцветные кошки, базирующиеся на здешней помойке.

Опять накурено! Да что же этот запах преследует его, ведь рядом никого нет?!

Моше поднялся по лестнице и надавил на дверную ручку. В следующий момент его обнимала Двора со свисающими с нее малышами. Самые ловкие вроде пятилетнего Хаима и шестилетнего Меира умудрились переползти с бабушки на дедушку и теперь раскачивались на нем, как на лиане.

После бурной встречи, Моше, оставив сумки у двери, двинулся в отведенную ему и Дворе комнату. Вообще-то, по сравнению с тем, как набилось в квартиру Леи многочисленное потомство Моше, покинувшее обстреливаемый Юг, пресловутым сельдям в бочке, впору было бы аукаться.

Оказавшись, наконец, один, Моше первым делом бросился к компьютеру. Пока тот загружался, он нетерпеливо щелкал пальцами. Наконец, на экране возник долгожданный Google. Моше быстро заработал пальцами, и в окошке появилась надпись: «Герман Шрёдер (Уленшпигель)».

***

— В общем, как говорится, бежал от дождя, попал под ливень! Что делать! Пошел я наугад и, представляешь, через некоторое время услышал... знаешь, какое-то шипение или шуршание. Так ведь это вдалеке, в нескольких километрах от Саада, дышало ночное шоссе. Шоссе никогда не замирает, никогда не засыпает. Шоссе ждало меня, шоссе рвалось помочь мне, шоссе, когда я наконец до него добрался, обойдя во тьме охрану киббуца, прислало мне такси с водителем, настоящим евреем, который сразу понял, что я араб, но плевать ему было, его лишь деньги интересовали, он мать свою еврейскую готов был продать за деньги, я сказал ему «в аэропорт Бен-Гурион» и он повез меня в аэропорт Бен-Гурион, и доброе шоссе понесло меня в аэропорт Бен-Гурион, прочь от евреев, прочь от арабов, к тому единственному в мире человеку, которому небезразлична кровь моих несчастных детей, к Герману Шрёдеру,, Уленшпигелю... А главное – я везу с собой...

Он хотел рассказать про Инструкцию, но вдруг замолчал. Гамаль продолжал сидеть с закрытыми глазами. «Неужели заснул, пока меня слушал?» - подумал Хамид.

— Гамаль, - осторожно прошептал Хамид.

— Да думаю, думаю, не сплю я! - раздраженно отвечал Гамаль.

— Думаешь? - недоуменно спросил Хамид. - О чем думаешь?

— Думаю, безнадежен ты или нет?

— Я? В каком смысле безнадежен?

Хамид ничего не понимал, а Гамаль, не размыкая век, продолжал рассуждать, словно не слыша его, а может, и действительно не слыша.

— Предположим, тебя можно убедить или купить. Это означает, что ты не безнадежен. Другой вариант — тебя не удастся ни убедить, ни купить. Это значит, ты безнадежен, и тогда тебя надо убить.

— Меня?! - не столько ужаснувшись, сколько удивившись, переспросил Хамид.

— Ну не Шрёдера же, - устав от общения со столь бестолковым собеседником, охнул Гамаль. В голосе его была какая-то удивительная твердость. Там, где должны были звучать восклицания, было лишь спокойствие. - Шрёдера убивать пока не за что. Вот если ты снабдишь его нежелательным материалом, тогда придется и его. А чтобы этого не произошло, профилактически только тебя.

— Так ведь если не убивать, то убеждать меня ты собираешься. А в чем?

— А вот в чем! — Гамаль как-то встрепенулся, весь подтянулся. Он уже не кемарил, развалясь на стуле, а нервно прикуривал сигарету от сигареты. - Враги захватили нашу землю. Враги отправили сотни тысяч наших людей в изгнание. Враги одним своим существованием, одной лишь попыткой установить свою власть на земле ислама, оскорбляют нашу веру.

— Погоди, погоди, Гамаль, так ведь ты же египтянин, а не палестинец! Откуда у тебя эта хамасовская бредяти... эти хамасовские идеи? Ты часом не из «братьев-мусульман».

— Все мы братья, и все мы мусульмане, - уклончиво отвечал Гамаль. - А до ублюдка Ас-Сиси* мы еще доберемся! Кабы не он, черта с два я бы сейчас торчал в Штутгарте вместо того, чтобы гулять по Каиру.

«Хамасовцы, братья-мусульмане, - подумал Хамид. – Какая, к шайтану, разница! У лука, как говорится, всегда один и тот же запах!»

Гамаль между тем продолжал:

— У наших врагов танки, самолеты, «Купол» этот проклятый! А что у нас? Да почти ничего. «Грады», которые они сбивают, как яблоки с ветвей. «Калашниковы», с которыми наши ребята пытаются — без особого успеха — выползти из туннелей на территории, захваченной врагом. «Корнеты» и РПГ, с которыми они встречают вражеский авангард в развалинах своего дома. Мы фактически беззащитны. И при этом мы побеждаем. Мы все время побеждаем. Мы выбросили их из Газы. Мы выбросили их из Ливана. Мы сорвали все их попытки свергнуть власть ХАМАСа в Газе. У нас есть мощное оружие — наши страдания. Вот, смотри!

Он протянул Хамиду вчетверо сложенный листок.

— Что это?

— Выдержки из инструкции Министерства нац. безопасности - заметь, не хамасовского, а твоего

---

* Ас-Сиси, президент Египта возглавил военный переворот 3 июля 2013 года, сверг предыдущего президента Мухаммеда Мурси. В Каире были арестованы более 300 членов партии Братья-мусульмане.

любимого Абу-Мазена! Инструкция для СМИ и бло-
ггеров! Почитай!

« Любой убитый должен прежде всего называться «гражданским лицом», — начал читать Хамид, - и
только потом можно упомянуть его статус в джихаде
или воинское звание. Не забывайте всегда добавлять
к имени убитого «невинный гражданин» или «мирный житель».

Начинайте ваши сообщения об атаках палестинского сопротивления фразой «В ответ на жестокую
израильскую агрессию» и завершайте фразой «Столько-то человек погибли с начала израильской агрессии
в Газе». Всегда следуйте формуле «атака — ответ на
оккупацию, палестинцы только реагируют».

Следите за сообщениями израильских представителей. Всегда подвергайте их сомнению, опровергайте
и представляйте ложью.

Не публикуйте фотографии наших бойцов в
масках и с тяжёлым оружием, чтобы вас не обвинили
в подстрекательстве к насилию.

В разговоре с западными журналистами используйте рациональный политический язык, избегайте
эмоциональных выпадов. Наша цель — разоблачить
подлость оккупации и уличить её в насилии.

Не убеждайте западных людей, что Холокост
— это ложь. Не отрицайте Катастрофу. Наоборот,
используйте её для сравнения, чтобы показать, что
именно это теперь Израиль творит с палестинцами.

Нарратив жизни против нарратива крови. Когда вы говорите с арабами, говорите об убитых как о

мучениках, павших в боях с агрессорами. Но когда вы говорите с западными людьми, говорите об убитых как о мирных гражданах. Говорите о большом количестве раненых. Показывайте человеческое лицо палестинских страданий. Красочно описывайте страдания мирных жителей под гнётом оккупации и бомбёжек.

Не публикуйте фотографии военных командиров. Не упоминайте их имена и не восхваляйте их успехи в беседах с иностранными друзьями».

«Занятная инструкция, - подумал Хамид. - Так ведь прекрасно сочетается с той, другой инструкцией, которая у меня под рубашкой скотчем к телу приклеена».

— Вот так-то, дорогой, - продолжал Гамаль. – Так что не надо против своих переть. Впрочем, все равно у тебя ничего не получится! Все равно евреи проиграют! Идиоты! Думали, что «Железный купол» это их спасение. Да это же их гибель! Да мы при помощи этого «Купола» добьемся того, что тупые христиане и прочие язычники, которые и без того евреев не жалуют, а тут так их возненавидят, что вообще заставят убираться с нашей земли!

— Почему? - не понял Хамид.

— Да потому, дурья твоя башка, что раньше хоть иногда шальная ракета залетала в еврейский дом и они в ответ на щедро демонстрируемые нами реки крови — иногда, впрочем, просто красной краски — они тоже сконфуженно как-то, вроде бы как извиняясь, предъявляли миру какой-нибудь труп. А теперь

— мы пишем ноты, а они играют. Мы выпускаем ракету, они, естественно, сбивают, мы еще выпускаем, они опять сбивают. И так пока у них не лопается терпение, и они не начинают палить по нам в ответ. И тут главное - вовремя подставить под огонь максимальное число невинных жертв. Чтобы экраны всего мира заполнили мертвые лица наших крошек, погибших от рук кровожадных евреев и воздетые к Аллаху руки рыдающих матерей, их искаженные мУкой лица. Чтобы у людей по всем уголкам планеты сжимались кулаки от ненависти. Чтобы губы сами собой шептали: «Прав был Гитлер!» Чтобы по всему миру звучало: «Оккупанты, вон с палестинской земли!» Чтобы политики, которые стоят у власти, опасаясь народного гнева, голосовали за создание арабского государства и за уничтожение еврейского...

— Так ведь это ты хвати-и-ил– задумчиво протянул Хамид, не возвращая Гамалю листок. - Не думаю, что какой-нибудь народ будет свергать правителя только за то, что он поддерживает Израиль.

— Посмотри на этих людей, -произнес Гамаль, поводя рукой.

Хамид невольно поднял глаза. Высокие, белокурые и темноволосые, мужчины и женщины, одни из них шли мимо кафушки, о чем-то болтая или спеша по своим делам, другие сидели за столиками, расставленными на брусчатке, кто-то ел шаурму, кто-то ел мороженое, кто-то пил кофе, кто-то - пиво.

— Посмотри на этих людей, - повторил Гамаль, - они выросли с чувством вины перед евреями. Им с сопливых лет вбили в головы, что ненавидеть евреев — преступление. Но это потомки тех людей, что ненавидели евреев и уничтожали их на протяжении столетий, а на протяжении одного из относительно недавних десятилетий — с особенной страстью. Это носители тех же генов ненависти.

— Ты говоришь о немцах? - спросил Хамид.

— Обо всех европейцах. Даже во время Второй мировой войны другие народы Европы усердствовали на этом поприще немногим менее немцев, а то и поболее. И ненависть к евреям никуда не делась. Просто шок, вызванный результатами этой ненависти, загнал ее в подсознание. И теперь — о радость! - можно ненавидеть евреев, вслух проклинать их, публично желать им гибели и при этом не только не считаться антисемитом, но и не признаваться самому себе в том, что ты антисемит. А тут еще и — бальзамом на сердце - евреи, которые сами активно участвуют в антиизраильском движении. Помнишь того маразматика, пережившего Аушвиц, который плыл к вам на помощь пассажиром флотилии «Свободная Газа». Только представь — еврей, жертва Освенцима, воюет против Израиля. Какие же мы после этого антисемиты? Мы антифашисты! Теперь подумай — эта ненависть, что гнала миллионы, десятки миллионов на фронты Второй мировой войны, на гибель — неужели она не сметет какую-то там Меркель, если та посмеет пикнуть в поддержку страшного, нацистского, человеконенавистнического Израиля. А наша задача — кормить эту ненависть, чтобы она росла, крепла, рвалась наружу. И дровами в топку этой ненависти ложатся тела наших людей — мужчин, женщин, детей.

— Так ведь детей-то зачем? - Хамид почувствовал, что на глаза вдруг наворачиваются слезы. «Вот черт! Не хватало еще при этом подонке...» А при мысли, что он, читая инструкцию абу-мазеновскую, чуть было не ляпнул про лежащую у него за пазухой хамасовскую Инструкцию, у Хамида по коже побежали мурашки. Он хлебнул кофе, прокашлялся и повторил:

— Детей-то зачем? Вот пусть сами бы хамасовцы дровами в эту топку и ложились...

— А воевать кто будет? Атаковать? У нас нет детей и взрослых. У нас все — бойцы. У нас весь народ — армия. Понимаешь, армия. А в армии командиры не бросаются под пули сами — они отправляют на смерть бойцов. Это нормально. Назови мне хоть одну армию, в которой дела обстояли бы по-другому.

Хамид почувствовал, как на плечо ему ложится сухонькая рука Моше.

— ЦАХАЛ, - тихо сказал он, машинально засовывая сложенный вчетверо листок в карман.

— Что-что? - переспросил Гамаль.

— ЦАХАЛ, - повторил Хамид. - В ЦАХАЛе нет команды «Вперед!» Есть команда «За мной!»

Гамаль вскочил, побагровел — куда девалось его спокойствие — схватил Хамида за грудки и прошипел:

— ЦАХАЛ, говоришь?! Мы покажем тебе, пес, ЦАХАЛ! Уматывай к шайтану из Германии и забудь про всяких там Шредеров-Уленшпигелей! Иначе — не жить тебе!

Никогда особой силой не отличался Хамид, а тут — через стол перелетел Гамаль, сметая на своем пути хлипкие стулья — видно, вся мУка последних недель в силу кулака Хамидова перелилась.

***

На ресепшене была белокурая.

— А где Марион? - спросил Хамид.

Белокурая как-то странно на него покосилась и ничего не ответила. Хамид пожал плечами и вошел в лифт. Поднявшись на свой этаж, он уже подходил к двери, когда открылась дверь напротив, дверь на которой, в отличие от остальных, не было номера. Вышедший оттуда тщедушный парень в очках и легкой белой куртке прошел мимо, обдав его запахом свеже-выкуренной сигареты. И тут вдруг Хамид понял, чего ему до безумия хочется — курить. После того, как он приложил Гамаля и был с позором изгнан из кафушки - «Скажи спасибо, что мы полицию принципиально не вызываем, а то ты, змей, сейчас бы уже извивался в объятиях копов!» - Хамид пребывал в какой-то прострации, и сейчас ясно понял, что сигарета, пусть дрянная, поможет ему из этой прострации выйти. Вот только, похоже, здесь не принято в номерах курить, по крайней мере, пепельницы у себя в номере он не видел. Да и, честно говоря, при всей своей страсти к табаку, не любил Хамид торчать в прокуренном помещении. Не кури, где живешь, и не живи, где куришь. Неужели спускаться обратно вниз и опять выскаки-

вать на улицу? Погодите, погодите, а с чего это моло
дой немец, дыша табачищем, выходил из комнаты
без номера? Ну-ка, ну-ка! Хамид подошел к двери и
осторожно приоткрыл ее. В комнате не было кровати,
зато стояли два стола, несколько стульев и множество
шкафов. На столах лежали простыни, на стульях -
сложенные вчетверо шерстяные одеяла. Нечто вроде
кладовки или боевого поста кастелянши. Только вот
непонятно, что здесь делал тщедушный очкарик — на
кастеляншу он не очень похож. Тут Хамид заметил,
что прямо напротив входной двери вместо окна, как
у него в номере, находится дверь, ведущая на балкон. Он подошел и нажал ручку. Дверь поддалась, но
Хамид увидел не балкон, а металлическую площадку
лестницы, которая сошла бы за винтовую, кабы не
прямые углы. Очевидно, она соединяла пожарные
выходы с каждого этажа, а затем вела на улицу. Правда, на двери комнаты обозначить этот факт забыли.
Подразумевалось, что в случае пожара обитатели
гостиницы, мечась среди огня и дыма, должны были
сами догадаться, что здесь — путь к спасению. Но это
не имело значения. Главное, что в углу металлической
площадки стояла пластиковая табуретка, а на ней
— железная пепельница с окурками. Хамид уселся,
поставив пепельницу себе на колени, достал сигарету
и, уже почти не испытывая отвращения, высосал ее в
несколько затяжек. Он едва ли не физически ощущал,
как все внутри успокаивается, как нервы приходят в
порядок, как нечто, лежавшее черной тушей на душе,
из туши превращается в тучу, из тучи – в облачко, в

легкое облачко, а затем рассеивается, рассеивается, рассеивается. Докурив сигарету до фильтра, Хамид с чувством исполненного долга двинулся к себе в номер.

У самой двери он остановился. Возникло необъяснимое ощущение, что в номере кто-то есть. Необъяснимое, потому что ни шороха оттуда не доносилось, да и свет не пробивался сквозь щель под дверью. И все-таки шестым чувством он ощущал, что кто-то там находится.

Хамид вспомнил американский фильм, который он несколько месяцев назад смотрел по телевизору. Главарь гангстеров входит в бар, а в баре — засада. Переодетые полицейские ведут себя естественно — кто задумчиво курит, кто потягивает виски с содой, кто болтает с приятелем, вернее, с сотрудником, а еще вернее — с напарником. Но бандит вдруг нутром чувствует — копы! - и бросается бежать.

Остро захотелось бежать и Хамиду, он даже слегка попятился, но остановился. Не только потому, что это казалось бредом — ну кто мог там быть? И главное — потому что бежать ему было некуда.

Решительно достал он ключ с продолговатой пластиковой биркой, решительно вставил его в скважину и нажал дверную ручку.

— Ну и сколько времени, скажи на милость, я должна ждать? - спросила Марион. - Тебе велено было прийти в пять, а сейчас уже половина шестого. У вас в Газе все такие?

— Так ведь я не знал... - пролепетал Хамид.

— Что ты не знал? - отрезала Марион. - Что если я потратила на тебя свое драгоценное время, то тебе придется потратить на меня свое? Что долг платежом красен? А сам ты не догадался? Совесть у тебя есть?

Хамид словно прирос к полу.

— Ну что ты стоишь столбом? - прорычала ангельским голоском Марион. - Дверь закрой за собой и иди сюда. Или вы там под бомбами совсем забыли, чем мужчина отличается от женщины.

...Ее волосы. Черный водопад обрушивающийся на плечи. Хамид припал к нему губами, как к потоку чистой воды в жаркий палестинский полдень.

Она гладила его стриженую голову, а он чувствовал себя маленьким мальчиком под утешающими пальцами мамы. Слезы текли по его лицу. Никогда не становиться большим, никогда не слышать разрывов бомб, никогда не видеть крови, никогда не...

***

Стук каблучков Марион звучал в коридоре все глуше, а вместе с ним стихало то ощущение любви, которое проснулось в нем во время первых объятий. Марион больше не была мамой, не была воскресшей Айей, не была спасательным кругом, который Аллах бросил ему с небес. Лежа в постели, еще хранившей тепло ее тела, он размышлял, почему она, коли сама оказывается на ею же выданных простынях — а он не сомневался, что подобное происходит с известной регулярностью - не позаботится о том, чтобы по этим простыням не бродили шестиногие вурдалаки? Или она не страдает от них вовсе? Неужели немки такие толстокожие? Опять же, на таком продавленном матраце и в одиночку лежать неудобно, а когда в два этажа, то бедняжка, оказавшаяся в роли первого, вообще, должно быть, чуть ли не пола ягодицами касалась. Неужели нельзя проявить инициативу и сменить матрацы.

За этими глубокими размышлениями Хамид поднялся и, натянув на себя рубашку и штаны, глянул в окно. Салям алейкум! Это еще что такое?

Желтое юркое «пежо» вынырнуло из-за угла и, проскочив мимо гостиницы, остановилось напротив кафушки метрах в пятидесяти от входа. Четверо вытряхнулись и перешли улицу, причем один — тот, кто вылез через переднюю левую дверь, то есть водитель, показывая на гостиницу что-то объяснял своим спутникам — троим черноволосым парням в одинаковых футболках и, судя по внешности, единоверцам, а то и землякам Хамида. Затем он вошел в кафе, а четверо двинулись ко входу в гостиницу. Тех нескольких секунд, которые Хамид видел водителя, хватило, чтобы безошибочно определить — Гамаль.

«Уж не по мою ли душу? - спросил он себя и тут же сам ответил. - А по чью же еще? Получил по роже и решил продолжить знакомство...»

Израильский снаряд миновал Хамида в Газе. Ракеты ХАМАСа не достали его в Израиле.

И вот теперь здесь, в Германии... От медведя спасся, да в колодец попал!

Как палестинской зимой ледяные струйки дождя затекают за шиворот и бегут по спине, так и сейчас… только сейчас это был пропитанный страхом ледяной пот.

Хамид бросился в коридор, схватив лежащие на столе паспорт, Инструкцию и пачку денег. Нет, вниз по обычной лестнице бежать нельзя. Именно по ней они сейчас и поднимутся. И точно — упавший на пластиковые дверцы лифта, отсвет лампочек, что загорелись сами собой при появлении человека, однозначно показал, что между вторым и третьим этажами кто-то поднимается по ступеням. Но и сам лифт уже набирал высоту. Похоже, дорогие гости, разделившись на две группы, вздумали перекрыть ему все пути к бегству. Отступив вглубь коридора, Хамид почти машинально толкнул дверь комнаты, служившей бельевым складом. Влетев внутрь, захлопнул за собой дверь, выскочил на площадку металлической пожарной лестницы и помчался вниз, прыгая через три ступени сразу. Последняя из них была уже в чьем-то палисаднике возле домика, притулившегося на заднем дворе гостиницы. На террасе сидел лысый светлобородый немец и пил кофе. Он с удивлением взглянул на Хамида. Тот приложил палец к губам, сделал страшные глаза, провел большим пальцем себе по горлу, дескать, выдашь — прирежу, и со всех ног помчался вглубь двора, перепрыгивая через невысокие заборы и моля Аллаха о том, чтобы двор оказался сквозным. К счастью, таким он и оказался.

***

Хамид проснулся от сильного удара в бок. Ногой, вернее острым концом ботинка. Он открыл глаза. Над ним стояли двое.

— Ну что, порождение свиньи, поднимайся, если ты настоящий мужчина! Поднимайся, чтобы получить свое!

Голос у первого из негодяев был высокий, почти визгливый. Хотя он явно старался говорить спокойно, чувствовалось, что внутри у него все кипит от возмущения.

— Да какой он мужчина! - подключился второй. - Он только и знает, что задницу евреям подставлять! Одно слово — наблуси!

«С двумя я, пожалуй, попробую справиться с помощью Аллаха, - подумал Хамид. - Максимум будет драка, а не избиение».

Резким движением он попытался вскочить на ноги и тут же, получив со всей силы удар кулаком по лицу, полетел обратно наземь.

«Сейчас обрушатся удары, - в ужасе подумал Хамид и крепко зажмурился.

Но ударов не последовало. Когда он, наконец, открыл глаза, то обнаружил, что по-прежнему лежит на лужайке возле Концертного зала, куда среди ночи выполз из находящегося в трех метрах подземного перехода, чтобы поспать на свежем воздухе. Рядом никого не было. Неужели все это все это лишь ночной кошмар? Похоже, что так. Правда, бок саднило, но и

этому нашлась материальная причина в виде торчащего из земли острого камня, о который он, видимо,
поцарапался, неловко повернувшись во сне. Тем не
менее, ощущение беззащитности не покидало араба,
и, немного поворочавшись на траве, он спустился
обратно в тот самый подземный переход, который
покинул часа четыре назад. Пусть бетонный пол, зато
не так страшно.

***

На Шлоссштрассе ремонтировали трамвайную
линию. Асфальт был вспорот, как рыбье брюхо, и в
утренних лучах поблескивали рельсы.

«Когда уже закончат эту дорожную косметику?! - мысленно ругнулась Марион. - Когда уже я
смогу пользоваться родной и любимой стоянкой, а
не тащиться за тридевять земель на Зильбербургштрассе?!» Внезапно ей почудилась, что из-за стенки
парадного, мимо которого ей предстояло пройти за
ней наблюдают. И точно — чей-то нос высунулся.
Неужели бандиты?

Марион огляделась. Улица практически пуста.
Вон у Еврейского Культурного Центра маячит какая-то одинокая старушка. Понаехали русскоязычные
нахлебники! Подавай им теперь жилье за то, что их
дедов и бабок газом травили! Ну чем эта старушка
может помочь? Где она, и где эта старушка?! А была
бы рядом — что она могла бы поделать? Старушки
ловле преступников, как правило, не обучены. Даже

русско-еврейские.

Марион остановилась. Страшно идти вперед. Будь они прокляты, эти ремонтные работы, из-за которых приходится переться невесть куда под взглядами всяких подозрительных личностей.

Хоть бы полицейский вынырнул откуда-нибудь...

И точно — вынырнул, только не полицейский, а обладатель носа, вызвавшего у бедняжки Марион такой прилив эмоций. И тотчас же покой разлился по ее душе и упитанному, но крепко сбитому телу — обладателем оказался тот самый вахлак из Израиля или Палестины, в общем, откуда-то оттуда, который сначала измучил ее поисками какого-то штутгартского фрилансера, затем в постели, казалось, расплачивался с ней за труды, словно заботясь чтобы ни цента не переплатить - и, наконец, вчера днем сбежал в неизвестном направлении после того, как к нему заявились четверо мордоворотов. Ну, что скажешь, смуглый педант?

Видик у араба был отменный — под глазами круги после бессонной ночи, на морде — черная щетина, рубашка — будто ее вчера сняли, помыли ею пол, высушили, не прополоскав, и обратно надели. Но главное — страх, застывший во взгляде. Прижав палец к губам — это на пустой-то улице! - знаком он показал, дескать, давай прижмемся к стене, и горячо зашептал:

— Марион, мне нужно укрытие! Слышишь, Марион, за мной охотятся! Слышишь, Марион, меня хотят убить! Помоги мне!

— Ничего не понимаю, - пробормотала Марион, кто охотится? Зачем?

— Так ведь они боятся, что я встречусь с Уленшпигелем! Они хотели перетянуть меня к себе!

— Кто - «они»?

— Так ведь арабы, которые живут в Штутгарте! Они пришли убивать меня. Я удрал, успел взять паспорт и деньги, спустился по пожарной лестнице. До трех утра мотался по городу, в три попытался вернуться в гостиницу, но еще издалека завидел дорогих гостей, наблюдающих за входом в гостиницу, и смотался.

— А пожарная лестница? - заикнулась Марион.

— Ага! После того, как они поняли, что я по ней сбежал, они не будут за ней приглядывать? Как же! Жди!

— Ну, и куда же ты делся?

— «Куда, куда?» Вот как был, в рубашечке, в джинсах, с деньгами, паспортом и Инстр... ну в общем, с деньгами и паспортом в кармане пошел куда глаза глядят. Бродил-бродил остаток ночи, шлялся по каким-то темным и пустым проулкам, а утром у первого встречного спросил, где здесь гостиница. Тот понятия не имел. Спросил еще одного. В-общем, какой-то полицейский мне в конце концов объяснил, не забыв при этом проверить документы. Очень уж ему казалось подозрительным, что заморский гость ходит вот так налегке.

— Он что, прямо спросил тебя об этом?

— Спросил...

— И что ты ответил?

— Что оставил чемодан у приятеля. А он сказал: «Что же твой приятель ни у себя тебя не оставит, ни про гостиницу для тебя не узнает?»

— А почему ты не рассказал, что за тобой гоняются?

— Так ведь что я ему скажу? Что по приезде в Штутгарт набил морду местному жителю, который родом из Египта? Что сиганул с балкона только потому, что четыре араба подошли к отелю? Он мне поверит? А если и поверит — им, полицейским, нужны здесь разборки на мусульманской улице? Да на черта я им сдался? Я приехал — начались проблемы. Так ведь не будет меня — не будет проблем!.

— Ты что, боишься — тебя полицейские убьют?!

— Убьют — вряд ли, скорее депортируют под каким-нибудь предлогом.

— Ну ладно, что дальше-то было?

— Дальше? Дальше дал он мне адрес гостиницы...

— Какой?

— «Меркюр Штутгарт».

— Это на Хайльброннерштрассе?

— Ага. Хайльброннерштрассе 88.

— Ну и как там?

— Откуда я знаю?

— Ты что не был там?

— Так ведь был... Добрался, пошатываясь от усталости, получил ключ, рухнул на кровать и отключился. Проснулся, как из Мертвого моря вылез — мы туда еще при израильтянах, до Осло, с женой ездили – так

вот, как из Мертвого моря выполз - вроде бы ужс на
суше, а ощущение, что вода с тебя не стекает, а спол-
зает, как хумус или тхина. Вот так же и сон с меня.
И есть хочется. Ладно. Думаю - одно *халяльное* кафе
знаю — вот туда и двинусь. Вышел, перешел дорогу,
и вдруг боковым зрением вижу — они, родимые! Как
пронюхали, кого у вас в «Гамбурге» следить за мной
оставили — ума не приложу! Да и не до выяснения
мне было — мотать надо было, пока меня не заметили
— они-то к «Меркюру» только приближались. Ну, я за
угол и - бежать. А там и вечер. Какое уж тут *халяльное*
кафе?! Засветишься в секунду! То же в любом *халяль-
ном* магазине. Значит, осталось - что? Фрукты и ово-
щи! Только пока я соображал, что да к чему, овощные
магазины да суперы уже закрылись. Остались дежур-
ные магазины, а их найти еще надо. Нашел я такой
часам к десяти, накупил бананов да апельсинов...

— А почему не яблок, не помидоров, не огурцов?..
Вроде как подешевле, да и питательнее.

— А где я огурцы да яблоки мыть буду? Туалеты-то
все уже закрыты! Короче, взял я с собой эту снедь и
отправился на лужайку возле Liedeshalle, концертного зала недалеко от вас...

— Спасибо за разъяснение. Это городской концертный зал, который известен даже тем, кто живет
далеко от него.

— ... Возле этого зала есть подземный... переход
не переход... закуток такой. В нем всякие автоматы...
и игральные и с напитками. В этот переход я залез и
попытался там заснуть. Но как же?! Уснешь тут на

бетонном полу! Наверху на травке — спи на здоровье!
Да уж сильно боязно — вдруг друзья милые появятся!
Но среди ночи не выдержал — вылез на травку и сразу же отключился. Часа три промучился кошмарами и
с первыми лучами вскочил. Марион, милая, можно я у
тебя поживу? Не на улице же мне...

— Я, вообще-то, не против, - усмехнулась девушка, - вот только что муж скажет?

...Стук каблучков удалялся и удалялся, а пророс-
ший к тротуару Хамид все никак не мог пошевелиться,
и только когда фигурка Марион нырнула под козырек
парадного входа в «Гамбург», ему пришла в голову
мысль, что уж по крайней мере вещи его из номера
она могла бы ему вынести. Вряд ли на это требовалось
разрешение мужа — мифического или реального. А с
другой стороны — ну вынесла бы она ему вещи — а
куда их деть, куда девать себя самого?

***

Та-ТА-та та-ТА-та та-ТА-та та-ТА-та
Та-ТА-та та-ТА-та та-ТА-та та-ТА
Та-ТА-та та-ТА-та та-ТА-та та-ТА-та
Та-ТА-та та-ТА-та та-ТА-та та-ТА
— Здесь — и вдруг «Кампанелла»? - чуть было не
крикнул он, услышав обожаемую мелодию на Шлосс-
плаце – центральной площади Штутгарта, где бродила
развлекающаяся публика, где бойко продавалось все
на свете, от колы и жевательной резинки до дорогих
сувениров и альбомов с репродукциями Мунка.

А с другой стороны, почему бы звукам божествен
ной скрипки великого Никколо не раздаваться под
небом прекрасной Германии, светлого кастальского
края, откуда не раз проливались на мир благодатные
дожди музыки и философии?

Слушая Паганини, Хамид на мгновенье начисто
забыл, что на свете есть ХАМАС, ФАТХ, ЦАХАЛ,
ИГИЛ… Казалось, одна и та же планета не может вме-
стить их — и «Кампанеллу». Казалось, звуки «Кампа-
неллы» сами по себе уже стопроцентное доказательство того, что зло на земле иллюзорно, того, что есть
в мире лишь музыка да любовь!

Он подошел поближе к стоящей полукругом группе людей, слушающих скрипку, и обнаружил, что они
не только слушают, но и смотрят. Настоящий скрипач
оставался на заднем плане, а впереди молодой парень
в кепке дергал за веревочки кукольную фигурку
скрипача в смокинге, который двигал смычком абсолютно в такт реальной музыке. Паренек управлялся
с кукольным скрипачом настолько виртуозно, что не
только создавалось полное впечатление, будто тот
сам играет, но и казалось, что — непонятно как — у
того меняется выражение лица. И все-таки… все-таки
лучше было бы, если бы предметом пародии эти двое,
а считая куклу, трое, выбрали бы что-нибудь еще, а не
любимую «Кампанеллу».

Хамид не стал опошленную «Кампанеллу» дослу-
шивать до конца и двинулся дальше по громадной
площади. Ему вдруг стало как-то безразлично, что с
ним станет. Ну поймают. Ну убьют. Хоть что-то про-

изойдет — а так вообще пустота какая-то! Homeless, как это называется по-английски, и к тому же совершенно не у дел. Всего и осталось, что тихо догнивать в подземном переходе или на травке возле Liedeshalle. А и то — не у проституток же ночевать!

— Endschuldigen mir bitte, sind Sie ein Araber?

— Чего-чего?!

— Excuse me, are you an Arab?*

Бабулька-альбинос (а может, такая блондинка блондинистая) говорила по-английски с акцентом, но вполне сносно. В своем классе Хамид бы ей не меньше семидесяти пяти поставил - по числу лет. Она постучала ему в плечо, как в дверь.

— Араб... - пролепетал Хамид.

— Случайно не из Палестины? - с надеждой взглянула на него старушка.

— Из Палестины, - кивнул Хамид.

— Может быть, даже из Газы? - не веря своему счастью, выдохнула альбиноска.

— Из Газы, - согласился Хамид.

— Вот! - торжествующе воскликнула бабка, обращаясь к собравшимся под палестинским флагом и транспарантом с надписью «Руки прочь от Газы!» двум десяткам людей, которых прежде погруженный в свои мысли Хамид попросту не замечал.

— Вот!! - повторила она. - Перед нами человек, приехавший сюда прямо из Газы!

Четыре десятка пар ладоней с уважением захлопали. Должно быть, Хамид со своим измученным

*Простите, вы араб?

видом и со своей грязной рубашкой идеально соот
ветствовал образу жертвы израильской агрессии.

— Как вас зовут? - шепотом спросила блондинка.

— Хамид Шафи. Только я бы не...

— Дорогой Хамид Шафи! - воскликнула старушка, сделав несколько шагов назад и оказавшись на
некоем возвышении, цоколе позеленевшего памятника небольших размеров, который Хамид тоже только
сейчас заметил. - Дорогой Хамид! Прежде, чем мы
попросим вас рассказать о героической борьбе ваше-
го народа, позвольте от имени всех прогрессивных
сил Германии выразить поддержку этой борьбе, а
также гнев и возмущение зверствами израильских...

Верно говорят в народе: «Трескотня барабана
слышна издалека».

Хамид обвел взглядом лица представителей
прогрессивных сил. Половина были, несомненно,
мусульманского происхождения, хотя и вряд ли из
Палестины, судя по восторгу, который выразила старушка, узнав о его происхождении. Зато вторая

половина были явно немцы, и не просто немцы,
а все, как на подбор, были не просто белобрысыми, а
чуть ли не слепками со старушки, блондинами, почти
альбиносами.

Старушка пятилась в сторону памятника неиз-
вестному немцу, а Хамид начал пятиться в противо-
положную сторону, оглядываясь, куда бы смыться.
Тщетно. Два старушкиных соратника — один белоку-
рый, другой араб — начали с двух сторон подталки-
вать его к трибуне-цоколю.

— Ну, Хамид, - подбадривающе улыбнулась старушка, - расскажите нам о вашей борьбе, о вашем мужестве, о ваших надеждах, и... ну и о ваших врагах.

И тут вдруг Хамид почувствовал прилив злости — и какой злости! Ах, они суки!

— О врагах говорите? - выкрикнул он, буквально вспрыгнув на цоколь. - Хорошо, расскажу вам о врагах. Так ведь есть у нас враг. Главный враг. Страшный. И зовется он...

— Хамид сделал паузу, ну, мол, ребята, догадайтесь с трех раз! - Зовется он — ХАМАС!..

Вроде бы как минуту назад была тишина и сейчас опять тишина, но какие же они разные эти две тишины! Секунду назад четыре десятка глаз с интересом смотрели на гостя из Газы, четыре десятка губ одобрительно улыбались. А тут — четыре десятка нахмуренных бровей, четыре десятка сжатых кулаков, четыре десятка стиснутых челюстей. Тишина нависшей грозовой тучи.

Ну что ж, тишина так тишина. Хамид тоже замолчал. В этом молчании прошла минута, а то и больше.

— Нам тоже не очень нравится ХАМАС, - прошипела бабуля, - но мы за палестинский народ!

— Я - палестинский народ! - воскликнул Хамид. - Есть здесь еще палестинцы?

И он опять обвел взглядом публику. Снова молчание. Но уже третий вид молчания — молчание поджатых хвостов.

Мы поддерживаем ваши чаяния, ваши устремления, - неуверенно начала белокурая старушка, - мы знаем. что палестинский народ хочет, чтобы у него было свое государство...

Так ведь палестинскому народу не нужно никакое государство! Палестинский народ хочет одного — тихо-мирно жить, зарабатывать деньги и растить детей! А больше всего палестинский народ хочет, чтобы европейские правозащитники, снюхавшиеся с хамасовскими террористами, сдохли, да поскорей!

***

По сравнению с Палестиной, Штутгарт – далекий север, а на севере, как известно, летом темнеет поздно. Когда взбешенный Хамид сошел с трамвая, солнце еще светило вовсю, хотя уже окопалось на западе. В пологих его лучах Концертный зал казался гигантской подковой, упавшей на площадку, прилегающую к Берлинерплацу.

«Так ведь вот я и дома» - подумал Хамид, устало волоча ноги по коротко постриженному газону, который ночью в лучах луны принял за лужайку.

Он дома. Он будет сидеть на колючей траве и питаться сырыми фруктами и овощами до тех пор, пока дорогие друзья, до которых гремучая новость о его выступлении, если еще не дошла, то, конечно же, очень скоро дойдет, не отыщут его и не доделают того, что не доделали арабы и евреи там, на брегах Средиземного моря.

По газону бродили голуби. Много голубей. Если сосредоточить внимание на их броуновском движении, может голова закружиться. И вдруг броуновское движение прекратилось. Бормоча что-то неразборчивое, а точнее попросту клекоча и клокоча — как Хамиду показалось, от ярости, они двинулись в его сторону да что там «в его сторону» — прямо на него! Хамид отступил. Голуби не отступали. Хамид понимал, что они требуют, чтобы он их накормил. Накормить их можно было лишь одним способом — отправиться в ближайший магазин, накупить побольше булок и скрошить их птицам. На это ушло порядка получаса, но накормить голубей оказалось не так уж просто. Птицы буквально наскакивали на него, пытаясь выклевать хлеб прямо из рук. Зато, когда питомцы успокоились, поняв, что всем хватит, он начал получать удовольствие, видя, как они деловито клюют хлеб, который он им принес.

Укладываясь на травку, Хамид подумал, что теперь регулярно придется ввести новую статью расхода — кормежка сизых хозяев площадки.

«Как плата за квартиру», - усмехнулся он.

***

Хамид проснулся от сильного удара в бок. Ногой, вернее острым концом ботинка. Он открыл глаза. Над ним стояли двое.

— Ну что, порождение свиньи, поднимайся, если ты настоящий мужчина!..

«Сейчас скажет: «Поднимайся, чтобы получить свое!» - подумал Хамид. - Неужели этот кошмар будет меня теперь преследовать каждую ночь?»

Да, это был кошмар, но, увы, совсем не сон. Эти двое были настоящими, и ботинки у них были настоящими, и кулаки у них были настоящими. Одно утешало — били его не в полную силу — этакое было профилактическое избиение. И приговаривали: «Вот тебе, сын собаки! Вот тебе, ослиная задница! А в следующий раз будет хуже!».

«Так ведь хорошо бы, чтобы не было следующего раза, - подумал Хамид. – Но – нельзя. У меня Инструкция. Я должен жить и обнародовать ее! Только бы они не нашли!»

— Ну вот, дорогой! - произнес который поздоровее, когда профилактическая экзекуция была закончена. - Напрасно ты от нас бегал.

Хамид узнал в нем одного из тех четверых, которые приехали тогда с Гамалем.

Он сидел на покрытом росою газоне. Голова гудела. Из разбитой губы сочилась кровь. Мордастый присел рядом с ним на корточки.

— Больно? - участливо спросил он.

Хамид попытался кивнуть, но жуткая ломота в затылке помешала это сделать.

— Больно, - произнес он, едва шевеля губами.

— Будет еще больнее, - сочувственно произнес мордастый. - А то и совсем убьем.

— А чего ждать-то? - вдруг заговорил второй, довольно плюгавенький, с лисьим личиком. - Давай завершим прямо сейчас, прямо здесь, и труп убирать не будем. Найдут - спишут на Пегиду*. Этих сынов шлюхи модно сейчас во всех грехах обвинять.

Хамид исподлобья кинул взгляд на него. Плюгавый говорил вполне серьезно, как инженер, выдвинувший на совете директоров рационализаторское предложение.

— Ну, уж сразу и убивать! - возмутился мордастый. - Что мы, звери, что ли?

«Так ведь звери», - подумал Хамид.

Меж тем мордастый продолжал:

— Убить мы всегда успеем! Как говорится, смерть – чаша, которая никого не минует. Сперва с человеком поговорить надо... Выяснить, чем дышит. И если дышит неправильно, убедить, что надо правильно дышать. Аллах заповедал быть милосердным ко всем творениям, а это не просто творение - правоверный.

— Вот что, дорогой, - обратился он затем к Хамиду. - Собирай-ка ты манатки, ежели у тебя такие имеются, и дуй давай из Штутгарта.

— Куда? - прошептал Хамид.

А куда глаза глядят, - засмеялся он. - Покуда цел. Пошли, Махмуд! - крикнул он напарнику. И уже удаляясь, бросил через плечо Хамиду: - Даем тебе два часа. Потом проверим.

***

— А вот в этом доме жил Парацельс.

— «Кто это, Парацельс?» - спросил Хамид. То есть, спросил бы. Если бы не усвоил, что нужно задавать как можно меньше вопросов. Он всего лишь два дня жил - если это можно назвать жизнью - в этом странном городке, который, словно Медный город, сошедший со страниц «Тысячи и одной ночи», уютно приземлился между обступивших со всех сторон бетонных громад концерна «Мерседес». Но за эти два дня Хамид успел усвоить - снобизм у местных арабов, по крайней мере, у тех из них, с кем ему доводится общаться, просто зашкаливает. Такой, может, только вчера узнал, кто такой Мартин Лютер или тот же Парацельс, а сегодня уже изумляется: «Как, ты Парацельса не знаешь?!»

— А вот в этом доме жил Парацельс, - повторил Мунтхир, новый приятель Хамида, малый лет тридцати, высокий и худой, как минутная стрелка.

Хамид поднял глаза. Дом был действительно примечателен. Аккуратный, белый с поперечными коричневыми перекрытиями, с прямоугольниками окон. На фасаде красовались картинки - на самом верхнем этаже какая-то диковинная птица о восемнадцати крыльях, ниже - портрет мужчины в голубом кафтане и в средневековой шапочке. Почему-то Хамид решил, что именно так и должен был выглядеть загадочный Парацельс. Птица была на белом фоне, а Парацельс - на золотом. То ли это были фрески, то ли мозаика, снизу - не разобрать.

***

Думал ли Хамид, прыгая наугад в уносящийся из Штутгарта пригородный поезд - без малейшего понятия, куда он едет и где сойдет, что в маленьком, словно нарисованном, Эсслингене обретет он, если не душевное, то хотя бы физическое, успокоение. Случайный разговор в вагоне и вот он уже на незнакомом перроне, а затем и в компании людей, тоже незнакомых, но смотрящих на него с явным сочувствием. Анвар с женой были родом из Хеврона, а Мунтхир был сириец. В Эсслингене они жили уже давно, политикой не очень интересовались, но, когда штутгартские мусульмане две недели назад маршем солидарности с борющейся Газой прошли по улицам своего города с призывами уничтожить Израиль, все трое приняли в этой акции и в пикетах по всему городу живейшее участие. Сейчас Мунтхир устроил Хамиду маленькую экскурсию.

— Брусчатка здесь красивая, - задумчиво сказал Хамид, когда они подходили к мостику через речушку, по краям которой свисали ивы, а между ними разноцветными огоньками посверкивали цветы.

— Да, брусчатка у нас, - слава Аллаху! - замечательная, - воскликнул его собеседник с такой гордостью, словно он сам некогда эту брусчатку укладывал. - Здесь, правда, мостили относительно недавно, всего несколько десятилетий назад, но в точности сохранили старый рисунок - видишь такими волнами идет. А на Ратушной площади - мы сейчас пойдем туда- вообще старинная мостовая' ей лет триста-четыреста, а то и больше.

---

*ПЕГИДА, Патриотические европейцы против исламизации Запада (нем. Patriotische Europäer gegen die Islamisierung des Abendlandes, PEGIDA) — немецкое движение, направленное против «исламизации Европы» и против иммиграционной политики немецкого правительства.

Они вышли на небольшой мостик. По речной глади навстречу друг другу медленно двигались серые утки. Казалось, они наслаждались прохладой, столь несвойственной августу и тем не менее царившей здесь, несмотря на полное безветрие.

— Вода... - вздохнул Хамид. - Где справедливость? Почему мы в Палестине изнываем от жажды, а здесь - реки, прохлада, растительность вон какая сочная, какая буйная, не то, что у нас.

— Аллах справедлив, это истина, - возмутился Мунтхир. - А если мы живем в более тяжелых условиях, чем иноверцы, значит, таков Его высший план.

«Высший план? - подумал Хамид. - А что же ты, в нарушение этого плана перебрался на север? Чтобы понемногу начать отбирать эти края у тех же иноверцев?»

Вслух же он примирительно сказал:

— Ладно, пойдем, покажешь мне Ратушную площадь. Ты обещал.

Ратушная площадь действительно была прекрасна. Готические здания, похожие на египетские пирамиды, но только с обрубленными боками и разных цветов – от красного, малинового и розового до желтого и салатового. Они казались декорациями к какому-то спектаклю из старинной спокойной жизни

— А это что такое? - спросил Хамид, показывая на изящные золотистые стрелочки, разбегавшиеся по мостовой лучами от круга того же цвета’ внутри которого что-то было написано по-немецки.

— Посмотри внимательнее, - посоветовал Мунт-хир..

Хамид пригляделся. Над стрелками были написа-ны названия городов - Варшава, Брест, Париж...Рядом виднелись трехзначные цифры - очевидно, расстоя-ния от центра Эсслингена до этих городов.

— Здорово! - восхитился Хамид.

— Ага, - согласился Мунтхир. -А в сорок четвер-том году на этом самом месте стояли местные евреи, собравшиеся по приказу эсслингенских властей, и гадали, куда их отправят. Может, сюда - Мунтхир пока-зал носком ботинка на стрелку, над которой красова-лась надпись «Прага» -а может сюда? -он ткнул ногой в стрелку, указывающую на Вену - а вдруг сюда? - араб развернулся на сто восемьдесят градусов и направил мечты эсслингенских евреев в сторону Парижа. - Но увы, отправились наши дорогие родственники через Якуба и Ишмаэля не сюда, и не сюда, и не сюда, а вон туда - и он указал пальцем на безоблачную лазурь. Благодаря чему количество потенциальных захватчи-ков нашей земли сократилось на несколько тысяч.

— А тебе их не жалко? - только и спросил расте-рявшийся Хамид.

— А тебе жалко предков тех, кто убил твоих детей? - в тон ему спросил Мунтхир.

«Моих детей убил ХАМАС», – подумал Хамид, однако ничего не сказал. Но перед глазами его встало лицо Моше. Почему-то он представил себе, как сму-глый марокканский еврей Моше стоит вот на этом самом месте, завернувшись в плащ, при этом небо над ним не голубое, а серое, и хлещет серый дождь, и Моше обнимает свою жену, что родом из России, и они прижимаются друг к другу, и им обоим холодно, холодно, холодно, и с неба уже мчатся не капли воды, а словно миллионы игл, одновременно ледяных и раскаленных, и иглы вонзаются в них и жалят и Моше и его жену и других людей, которые, так же как Моше и его жена, стоят под этим жутким дождем, этим градом ледяных игл, и эти люди кричат и плачут, и этих людей сотни и тысячи, сотни и тысячи, мужчины и женщины, мужчины и женщины, и у каждого мужчины смуглое лицо Моше, и у каждой женщины лицо его жены. И вдруг Хамид отчетливо почувствовал запах табачного дыма. Кто это курит? Ах, вон тот человек в красивом эсэсовском мундире, резко очерченным лицом, с бритыми висками…

«Куда нас везут?» - спрашивает Моше, спрашивают все моше хором, и его жена, их жены отвечают: «Война план покажет!»

***

— А вот в этом доме - видишь особнячок с петушком на крыше… Красивый, правда? И башенка такая веселенькая. Дом, в общем-то построен недавно, но как под старину сработано! Так вот, здесь живет наш друг…

— Чей, «наш»? - перебил своего проводника Хамид.

— «Наш» в смысле «нашего народа». Здесь живет друг нашего народа, известный журналист Герман Шредер! Он хотя и не араб, но...

— Как-как? - задохнулся Хамид. - Герман Шрёдер? Уленшпигель?

— Ну, вот видишь, - беззаботно отозвался Мунтхир. - Я же говорю - известный! Даже ты о нем слышал? Я, правда, с ним лично не знаком, но Ясир, руководитель нашей группы, знает его очень хорошо. Со временем я представлю тебя Ясиру, а Ясир со временем представит Уленшпигелю. Вам будет интересно поговорить.

«Со временем! - с презрением подумал Хамид. - Стану я ждать этого времени! Как же!

Эх, Хамид, Хамид! Забыл ты старую арабскую мудрость: «Раз уж спасся от льва, так перестань на него охотиться». А с другой стороны есть и ответная пословица - «промокшему дождь не страшен».

***

— Душ, переодевание, все потом! - сказал Уленшпигель. - Сейчас прямо вот в таком виде, изможденный, с дороги, вы сядете вон на тот табурет... Нет, нет, не в кресло, а именно на табурет.... Поймите, вы сейчас не человек, я хочу сказать, не просто человек - вы символ! Символ страданий народа Палестины! Да-да, вон туда садитесь. Отлично! Я включу камеру, и вы начнете свой рассказ.

Хамид огляделся. В кресло сесть было бы куда

приятнее. Кресло было явно старинным, с подлокотниками, отделанными резьбой. И такая же резьба украшала книжные шкафы. Усевшись в такое кресло человек как бы приобщался к сонму тех, кто писал эти фолианты, погружался в спокойные столетия...

- Ну, - нетерпеливо спросил Герман.

Как мечтал Хамид об этой встрече - а вот теперь растерялся. Не таким представлял он себе Уленшпигеля! Где орлиный профиль, где глаза, полные боли за несчастных жителей Шуджаийи? Перед ним суетился плешивый человечек с бритыми висками. Этот человечек словно собирался устроить какое-то представление. И правда, какая разница, куда Хамид сядет. Разве оттого, что он окажется в кресле, боль по Айе и Мамдуху, Мухаммаду и Ахдафу станет меньше? Разве трагедия перестанет быть трагедией, если он примет душ? Но главное было не в этом - к тебе пришел человек со своим горем, так сядь, поговори с ним, если ты действительно Уленшпигель, если кровь невинных жертв стучит в твое сердце! Что же ты сразу за камеру хватаешься? И этот радостный вопль: «Вы прямо из Шуджаийи?» Прозвучало как «Вы прямо из Белого дома?» «И никакой я не символ, - устало подумал Хамид. - У символов дети не погибают». Какое-то странное, невесть откуда взявшееся чувство осторожности не дало ему сразу вытащить из-за пазухи заветную Инструкцию. «Так ведь потом! – мысленно шепнул он сам себе. – Потом! Я должен к нему привыкнуть. Вот поговорим - и тогда...»

Рассказ Хамида Герман слушал очень внимательно, хотя, очевидно, в силу природы своей, секунды не мог высидеть на месте - то вскакивал и вновь садился, то, поправлял камеру, то проверял уровень звука в микрофоне. Лишь когда Хамид рассказал о том, как перед обстрелами евреи по телефону предупреждали и его и соседей, а для тех, чьих телефонных номеров не знают, специально разбрасывали листовки, журналист остановил камеру и сказал, поморщившись:

— Эту сказку часто рассказывают. Не стоит ее лишний раз повторять.

— Так ведь то не сказка... - возмущенно начал Хамид.

— Возможно, возможно, - перебил его Уленшпигель. - Но тогда это просто пропагандистский трюк. Ведь они знают прекрасно, что вам просто некуда уходить.

— Знают, - согласился Хамид. – Так ведь что они могут сделать?

— Не стрелять - просто сказал немец.

Хамид не нашелся, что ответить. А журналист, развивая наступление, продолжал:

— Я не идеализирую ХАМАС, но все же это народная война! Ведь даже дети поднялись на борьбу.

— Ага, - отвечал Хамид. - Поднялись. По наущению ХАМАСа подбегают к солдатам, просят о помощи, мол, кому-то там стало плохо, или ногу подвернул, или еще что-нибудь, те, сердобольные, идут по их просьбе в туннель и там взрываются. Так ведь очень педагогично, это я вам, как преподаватель говорю.

— Евреи сердобольные? Да они же убийцы!

Хамид вдруг почувствовал дикую усталость. Ему вдруг захотелось очутиться где-нибудь далеко отсюда, все равно где, лучше всего на море, на родном пропитанном солнцем Средиземном море, именно НА море, а не у моря, на сине-зелено-золотистой глади, что только кажется зыбкой, держит тебя куда крепче, чем призрачная европейская земля.

Пожалуй, не надо торопиться с рассказом об Инструкции…

Европеец почувствовал, что несколько переборщил со своими антиеврейскими выпадами. Этот араб со своими странными симпатиями к израильтянам ничем не напоминал виденных им прежде. Примирительно сказал он:

— Но я вовсе не собираюсь оправдывать хамасовцев. Как ни крути, по большому счету они все-таки террористы.

— Террористы? - воскликнул Хамид, возмущенный тем, как неохотно, с оговорками, выдавил из себя Уленшпигель это признание. - Так ведь они мясники! Если бы вы знали, скольких они расстреляли! Да хотя бы среди моих друзей — и Али Суейф, и Мухаммад Хуссейни, и Фираз Трайра! Их казнили только за то, что у них нашли израильские мобильники! А Хашем и Нур и еще пятеро, которых застрелили, когда они вышли на улицу с требованием «тишина в ответ на тишину»?! А вы знаете, что у нас люди навсегда исчезают по доносу соседа, мол, человек вел антихамасовские разговоры? А что у нас две новые большие тюрьмы выстроили, и обе переполнены? А что хамасники насилуют женщин, а потом швыряют их в тюрьму за прелюбодеяние, что девушек, идущих с непокрытой головой, они избивают палками прямо посреди улицы, что они гоняют по городу на мотоциклах, лендроверах и мерседесах, украденных в Израиле, с дубинками в руках, и набрасываются на всех кого ни попадя, просто забавы ради?!!

— Ну хорошо, оставим их в покое! Расскажите теперь, как погибли ваши дети.

И опять – до чего спокойно он это произносит!

Но делать было нечего, журналист уже включил видеокамеру, и *Хамид* нехотя начал рассказывать. Однако понемногу воодушевился.

Уленшпигель внимательно слушал о том, как хамасовцы загоняли детей на крышу многоквартирного дома, о том, как приволокли ракетную установку, как он пытался спасти детей и как его вышвырнули и избили, и как на его глазах ответный израильский снаряд превратил всех, кто находился на крыше, в темно-красное месиво. Как он нашел руку Маруанчика, как потом приехали иностранные телевизионщики, как он пытался им об'яснить, что произошло на самом деле, как телевизионщики не стали его слушать, как хамасовцы его потом избивали, как на похоронах он опять тщетно пытался рассказать, что да как. Как спустя пять дней был за это арестован хамасовцами. Рассказывал о том, с каким пристрастием его допрашивал человек в балаклаве и как он спасся благодаря сбережениям, которые скопил за эти пять дней, выворачивая на улицах карманы убитых и обчищая брошенные или разбомбленные квартиры.

— Так ведь когда я этим занимался, - пояснил Хамид, - я знал, что когда-нибудь встречу Вас или еще кого-нибудь, кто поможет мне поведать миру о том, что вытворяет ХАМАС. Это был мой долг по отношению к тем, чьи трупы и квартиры я обчищал. Но вышло так, что пошли эти деньги на освобождение меня самого. Выйдя на свободу без гроша, я был в отчаянии. Вы спросите, почему - ведь можно было снова начать шарить по карманам и квартирам. Увы, за то время, что я провел в застенке, людей, лишившихся всего и живущих мародерством, стало на улицах столько, что все карманы и квартиры, целые и разрушенные, были пусты. О, как я молил Аллаха о том, чтобы Он помог мне совершить мне то, ради чего я остался жив! Каждую ночь молил, укладываясь спать среди бетонных глыб с торчащими из них кусками ржавой арматуры, каждый день, бродя среди тех же глыб в поисках завалявшейся где-нибудь монетки или хоть чего-нибудь поесть. И вот однажды по пути в мечеть, среди обломков киоска, где когда-то продавались сладости и кока-кола, я увидел обрывок газеты на английском языке. Заголовок гласил:

«Штутгартский журналист Уленшпигель: «Пепел Шуджаийи стучит мне в сердце».

— Помню я эту статью... - пробормотал Уленшпигель.

— Так ведь я читал ее и плакал, - продолжал Хамид. - Плакал потому, что слова, которые Вы написали, прожигали мое сердце, плакал, потому что, читая, видел лица Айи и малышей, плакал, потому что понял - есть на свете некто, кому небезразлична судьба несчастных жителей несчастной Шуджаийи, плакал, потому что понимал – увы, оказавшись без гроша в кармане, не могу встретиться с Вами и рассказать всю правду. И тогда... тогда я пошел в мечеть Абу Айн, на магриб – вечернюю молитву – и, когда все начали расходиться, встал за минбар - это такое возвышение, с которого имам читает хутбу…

— Хутбу?

— Ну, проповедь. Так вот, спрятался я за минбар, так что мулла не увидел меня... Так ведь всю ночь, слышите, всю ночь я молил Аллаха, чтобы он помог мне добраться до Штутгарта. А утром, когда закончился фаджр…

— Объясните нашим зрителям, что такое «фаджр»! - вмешался Уленшпигель.

— Так ведь «Фаджр» – это наша утренняя молитва. Ее произносят между рассветом и восходом солнца. Так вот, когда закончился фаджр, я вышел из мечети и первый, кого я увидел, был Сари эль-Фаране, с которым я вместе в тюрьме сидел. Сари - последовательный борец против ХАМАСа, закоренелый «фатховец», друг Абу-Мазена.

— Я знаю этого эль-Фаране ... - сказал Герман. - Брал как-то раз у него интервью.

— И вот что он мне рассказал, - продолжал Хамид. - Вы помните облетевшее весь мир сообщение о том, что израильские моряки расстреляли четырех детей, игравших на берегу в футбол?

— Ну да, еще фотографии были такие страшные...

— Так ведь израильские моряки здесь ни при чем! Не знаю, кто убил трех других, но Аззам, сын Сари, был застрелен хамасовцами, пока Сари сидел в тюрьме. Эти мерзавцы хорошие психологи. Приводят его будто бы на допрос, и говорят - у тебя, мол, семеро сыновей, вот это - первый. Будешь дальше выступать - шестеро отправятся за ним. Это был его любимец... но не в этом дело. Я помню эль-Фаране в тюрьме. Высокий, гордый... Как-то раз меня вели мимо допросной, так ведь - не поверите - я сам - Аллах не даст соврать! - слышал его хохот из-за двери. Другие арестанты рассказывали -не знаю уж, правда или нет - он смеялся хамасникам в лицо даже когда его били. А тут... когда я вышел из тюрьмы… идет весь какой-то не то, что бы скрюченный, но понурый. И, когда говорит, весь словно дрожит. Да нет, не весь - когда говорит об Аззаме, губы дрожат, а когда об остальных детишках, живых еще - пальцы трясутся. И все все время озирается, озирается! « Все, - говорит, - Хамид, кончился я». Так ведь тогда я ему сказал про Вас, сказал, что хочу с Вами встретиться, рассказать Вам всю правду, да вот добираться до Вас не на что. Он поглядел этак подозрительно и говорит: «Ты же шекели собирал по карманам да по пустым домам!» «Ага, - говорю, - так ведь осели в хамасовских карманах эти шекели! А иначе, думаешь, как я здесь, на свободе, оказался?» Он посмотрел на меня исподлобья и говорит: «Деньги у меня есть. Меньше, чем в прежние времена, но хватает. Лучше бы их не было, да Аззам был бы. Хватит тебе и на паспорт, и на одежду, и на билет, и на гостиницу, и на еду - только доберись до этого своего Уленшпигеля, и расскажи ему - все! Слышишь, все расскажи!» «Спасибо» - говорю. «Какое, - орет, - к Шайтану, спасибо?! Ты для меня это делаешь! Понял?! Для меня!» А еще Сари передал мне…

— Как вы выбрались из Газы? – перебив Хамида, глухим голосом спросил Герман.

— Так ведь по туннелю, - отвечал Хамид. - По хамасовскому туннелю, где, не пройдя и трехсот метров, наткнулся на труп мальчишки лет двенадцати. Верно, одного из тех, что копали - либо погиб при строительстве, либо убрали как свидетеля.

— А что с вами было, когда добрались до Израиля? - в голосе журналиста зазвучало какое-то оживление, быть может, даже тайная надежда – сейчас про жестокость сионистов…

— Так ведь Моше, еврей родом из Ирака, укрыл меня. У него я отдохнул, поспал немного и двинулся в аэропорт. В Штутгарте за мной гонялись хамасники, но я Вас все равно нашел. Уленшпигель! Наша кровь и наша боль стучат Вам в сердце! Сообщите всему миру - главный виновник наших бедствий - ХАМАС! И вот еще что…

Он хотел рассказать про Инструкцию, которая невесть как попала в руки к Сари и которую Сари передал ему, чтобы он поднял шум на весь мир, и про другую инструкцию, не такую секретную, но тоже ценную – инструкцию, что он сохранил после схватки с единоверцем в кафе, где они ели шаурму. Хотел, но случайно встретившись взглядом с Германом Шредером, побледнел – такая дикая, неприкрытая злоба сквозила во взгляде того.

— Еще что?! – процедил Шредер.

— Э-э-э… ничего.

***

— Кофе без кардамона не кофе, - глубокомысленно изрек Расми.

Счастливый Хамид хотел было выразить свое восторженное согласие, но передумал - рот был занят ТАМИЙЕЙ - поджаренными на растительном масле шариками, скатанными из фасолево-чесночного пюре, перемешанного с мелко порубленными яйцами. Судя по тому, как мастерски Расми приготовил это блюдо, не очень распространенное у жителей Газы, пришедшее в восточное Средиземноморье из соседнего Египта, он и сам, как Гамаль, родом из Каира.

— Расми, откуда ты родом? - спросил он.

— Родился в Фурейдисе…

— В Фурейдисе? - удивился Хамид. Меньше всего ожидал он, что Расми, слуга или помощник Германа Шредера, родом из городка, расположенного в десятках километров от Газы, в глубине Израиля. Известно было, что среди арабов, уезжающих в Европу, обладателей израильского гражданства практически нет - зачем им Европа? Они и так, считай, живут в Европе, благами которой можно пользоваться и которую при этом можно проклинать, а по мере возможности и разрушать. Да и вообще, странный парень этот Расми - манеры прямо-таки европейского интеллигента, а у Германа Шредера он фактически прислуга. Теперь вот выясняется, что он эмигрировал сюда... из Израиля.

— Расми, а почему ты уехал из Фурейдиса?

— С хамулой* соседней не поладил, - отрезал Расми, и тема была закрыта. Вопрос о том, где Расми наловкался управляться с египетской кухней, Хамид решил не поднимать.

Кстати, интересно, куда так неожиданно уехал Шредер? Вытащил из видеокамеры сим-карту и уехал.

— Пойдем, я покажу тебе твою комнату, - услышал он голос Расми.

Вряд ли эта лестница была особенно длинной, но Хамиду она показалась бесконечной. Он не стал спрашивать у Расми, почему комната, которую ему отвел Шредер, находится в подвале. - в подвале так в подвале... но почему в таком мрачном подвале? Бетонные стены, торчащие из них трубы, какие-то железки, серые под цвет бетона. Хамида вдруг охватило чувство, что он идет умирать, и смерть эта казалась не черной бездной, какой обычно представляется смерть, а мглою, серою, как этот бетон.

Комната, в которую он вошел, была никакая не комната, а попросту отсек подвала, только стены там были уже не бетонные, а кирпичные. Они перемежались с толстыми слоями цемента, бесформенные клочья которого свисали застывшими серыми облаками.

хамула – клан у арабов

«А где же стол, стулья, кровать?..» - хотел было спросить Хамид, но тут вдруг перед его глазами мелькнула какая-то веревка, и тут же он почувствовал, словно чьи-то страшные пальцы стискивают ему горло. Он рванулся, но удавка лишь сильнее впилась ему в шею. Тут все поплыло перед глазами, и вдруг он почувствовал неизъяснимое наслаждение. Чудилось, руки его гладят нежное женское тело...

— Айя... - прошептал он. Но то была не Айя. Волнами накатили черные волосы Марион. Они опутали, заполонили все вокруг, и все понемногу стало черным... черным... черным...

И вдруг вновь – боль! Боль, сдавливающая горло. Одновременно в черноте, застилавшей глаза, наметился просвет. Из тьмы вынырнули серые глыбки застывшего цемента, красные кирпичи. Сколько времени это длилось? Вечность? Мгновение? Впоследствии выяснилось, что мгновение. То мгновение, которое понадобилось Расми, чтобы выпустить из рук удавку и упасть на шершавый цемент, пуская кровавые пузыри. Несколько минут Хамид сидел на темно-сером полу, кашлял так, что из глаз текли слезы, и тупо глядел на затылок Расми, поросший черными с проседью слегка вьющимися волосами, на его широкую спину в рубашке в мелкую клетку, на большой красивый изогнутый с рукояткой, инкрустированной перламутром нож, торчащий из этой спины. Потом рубашка стала густо красного цвета, и мелкая клетка уже была неразличима в этой красноте. Затем Хамид вновь закашлялся, да так, что его вырвало на темный

цемент. А может, вырвало не от кашля, а от вида дох-
лого убийцы Расми.

Глаза он поднять боялся. Боялся взглянуть, кто
это спас ему жизнь. Только видел: нога в джинсовой
штанине и в кроссовке «адидас» сильным движением
перевернула тело Расми на спину. Хамид услышал
одновременно глухой звук удара затылка о цементный
пол и звук рукоятки ножа, той самой, перламутровой,
скребущей по этому полу. Его вывернуло еще раз.

— Тысяча членов в твою задницу! - голос показал-
ся Хамиду знакомым. - Какого черта ты заколол его?!

— Сам ты брат пидора! – прозвучало в ответ. - Кто
мог знать, что это его слуга? Ты же сам шепнул: «Вот
он!»

— Шепнул. Но я же не приказывал сразу убивать
его! И если бы ты не торопился, мы бы у этого слуги
- как его там, Расем что ли? - узнали бы, где этот Шрёдер. А теперь у кого узнавать - у нашего придурка?

Хамид, поняв, что речь на последнее определение
относится к его собственной персоне, заставил себя,
наконец, поднять глаза. Перед ним была та самая
парочка, что отметелила его у Концертного зала.
Трудно было сказать, который из них был ведущим,
а который ведомым. С одной стороны, мордастый
говорил, как явный начальник и отчитывал плюга-
венького Махмуда, словно нашкодившего школьни-
ка, с другой стороны, плюгавенький был явно ближе
к начальству, да и осведомленнее, потому что в ответ
на разнос спокойно сказал:

— Ничего-то ты, Аббас, не понимаешь. Проблема

в том, что все произошло слишком быстро. Звонит мне Гамаль и говорит: «Надо срочно убирать Шрёдера. Он уже обнаглел настолько, что вздумал нас шантажировать. Отправляйтесь, ребята, в Эсслинген и разберитесь там и с ним, и с этим сыном свиньи, правдоискателем, что свалился на нашу голову...». Эй, друг, - вдруг обратился он к Хамиду, - ты в курсе, куда делся твой благодетель, этот самый Шредер?

Хамид энергично замотал головой. Его мутило от запаха собственной рвоты. Внезпно он сквозь слезы захохотал при мысли о том, какой аппетитной *тамийя* была на тарелке и как непрезентабельно она выглядит сейчас в виде рыже-бурой кашицы на сером цементе. Да и ароматы несколько отличались тогда и сейчас...

Мордастый, по-своему истолковал его смех.

— Ты не веришь нам, - сказал он скорбно. - Ты думаешь, если Гамаль велел нам прикончить тебя, мы обязательно сделаем это. Пойми, мы не убийцы! Не смерти грешника желает Аллах, но покаяния! Ты одержим идеей, что, если мы используем жизни араб-ских детей, как оружие в борьбе с врагом, что кровь этих детей - твоих детей, наших детей - на наших руках. Правильно?

Не в силах произнести ни слова, Хамид просто кивнул.

— Но это неверно, пойми! - с жаром воскликнул мордастый Аббас. - Виноваты те, кто не оставил нам другого оружия! Кто держит нас в блокаде, кто лишил нас всех прав, кто не считает нас за людей! А такие типы, как этот Шрёдер, они с нами до тех пор, пока мы платим им, а стоит нам повернуться к ним спиной, как они в эту спину готовы нож всадить.

«Так ведь пока что вы ему собирались нож в спину всадить, - подумал Хамид, - а всадили его слуге». Вслух же он сказал, вернее, выдавил:

— Может быть... может быть, Уленшпигель просто понял, что происходит на самом деле...

— Да брось ты!- перебил его тот, что с лисьей мордочкой. - А то Шрёдер раньше не знал про живые щиты!

— А как ты полагаешь, друг наш ... э-э-э... Хамид, - встрял Аббас. - По чьему приказу этот Расем, слуга Шрёдера, пытался тебя убить? Неужели по моему? Или по собственной инициативе? А может, это именно господин Шрёдер, заполучив запись беседы с тобой, решил шантажировать нас, а тебя убрать, чтобы не лишиться, так сказать, эксклюзива? Молчишь? Пойми, мы спасли тебе жизнь! Если бы не мы, ты бы сейчас тихо остывал в этом подвале с удавкой на шее. И все, что сейчас требуется от тебя, это сказать нам, где сейчас Шрёдер и дать слово, что в благодарность за чудесное спасение больше не пойдешь против нас.

— Так ведь не знаю я, где Уленш... где Шрёдер! - прохрипел Хамид. - А не идти против вас... - тут он закашлялся и это, похоже, решило его судьбу.

— Хватит с ним разговаривать! - прошипел плюгавый. - Приказ есть приказ! Как говорится, пустой колодец росой не наполнится. Коли нет облаков, так и дождю не идти.

— Да Шайтан его знает! А вдруг ему все же, как говорится, известно, где растет *касис,** - с сомнением произнес Аббас.

— Ничего ему неизвестно, - заверещал Махмуд. – Хватит! Так мы сто лет здесь проторчим! Ну ладно… Мордастый схватил Хамида за волосы и рывком поставил на ноги. Он, было, отпрянул, но от мордастого разве вырвешься? Одной рукой тот сгреб руки Хамида у него за спиной, другою, схватив за волосы, дернул его назад так, что голова запрокинулась, подставляя горло под изящно изогнутый нож с ручкою, инкрустированной перламутром, которую тот, что с лисьей мордочкой, перевернув тело Расми снова лицом вниз, выдернул из спины покойного.

Хамид закрыл глаза. Вот, значит, как оно произойдет. С детства он время от времени пытался представить, как будет когда-нибудь умирать, как будет переходить в смерть, пытался представить себе, какая она, смерть. И в последние дни он часто думал о той странной стране, куда переселились Айя и Мамдух, Мухаммад и Ахдаф. И вот сейчас, на пороге этой страны, главное чувство, которое он испытывал, была усталость. Смертельная - во всех смыслах - усталость, и еще…еще разочарование. Здесь,сейчас ,в этом грязном подвале, понимая, что наступает последний миг его жизни, Хамид осознал самое страшное - именно Уленшпигель, тот Уленшпигель, в которого он, Хамид, так верил, тот самый Уленшпигель, о встрече

---

* Так арабы говорят о человеке, владеющем нужной информацией. Трюфеля растут рядом с кустарником касис. Его наличие указывает на их близость.

с которым он так мечтал, именно этот Уленшпигель и был главным виновником гибели его детей. Ради него, этого Уленшпигеля, хамасовцы загоняли детей на крышу, чтобы их в клочья разнесло израильской ракетой. Ведь все эти живые щиты гроша ломаного не стоили бы, если бы не свора продажных журналистов, которые потом будут расписывать зверства евреев, зверства, в которые сами не верят, и кричать о пепле, который якобы стучит в их сердца, в их лживые, холодные, боленепроницаемые сердца. Жаль, что он слишком поздно это понял, жаль, что он пошел на ложные огни и забрел в трясину, из которой уже не выбраться. А Инструкции? Может быть, зря он их не отдал Шредеру? При всем своем цинизме тот мог бы погнаться за сенсацией и опубликовать их…

Выстрел прогремел совсем рядом. За ним второй. Еще не осознавая, что произошло, Хамид почувствовал, как рука, мертвой хваткой державшая его за волосы, бессильно скользнула, по его плечу. Он открыл глаза.

Мордастый лежал на бетонном полу и дергался в последней судороге. Его ручища с пальцами-палицами, бессильно скребла по бетонному полу, из угла рта струйкой бежала кровь. Обладатель лисьей мордочки лежал с дыркой во лбу и удивленно смотрел в потолок. Должно быть, он успел обернуться. Тотчас же у Хамида страшно заболела голова, особенно у корней волос, которые чуть не вырвал мордастый.

— Сейчас всех троих похороним и уматываем отсюда, - сказал Герман Шредер, ставя револьвер на предохранитель.

Хамид ликовал. Все-таки он был прав! Все-таки он не ошибся в Уленшпигеле! Уленшпигель спас ему жизнь! Уленшпигель - друг! Вместе они выведут хамасовцев на чистую воду!

— Вот! – сунув руку за пазуху, он торжественно достал пластиковый пакет с бережно сложенной многострадальной инструкцией. – В этом документе – разоблачение ХАМАСа!

Уленшпигель развернул пакет, пробежал бумажку глазами, затем небрежно сунул во внутренний карман пиджака и, указывая на мертвого Аббаса, приказал: «Давай!»

Хамид схватил тело за ноги, предполагая, что за руки его возьмет немец.

— Не, - буркнул тот, схватил труп под мышки и взвалил Хамиду на спину, которую последний с готовностью подставил. Затем взял лопату, стоящую в углу, и рявкнул: - Пошли!

Это «пошли» было сказано по-английски, но прозвучало, как чисто немецкое слово, нечто из американских фильмов про войну. Странно - он и раньше говорил с немецким акцентом, но прежде ничего лающего в его речи не было. А тут...

...Тропинка, которая выходила с заднего двора, пересекала улицу, вымощенную брусчаткой, и дальше вела к косогору. По дороге попался лишь один дом, да и в том, к счастью, окна были погашены.

— Все складывается неплохо, - пробормотал Шредер.

Хамид хотел его спросить, а что было бы, если бы в доме кто-то был.

— Хозяева уехали на неделю, - опередил его Шредер.

Хамид успокоился, было, но, честно говоря, ненадолго. Было что-то странное в поведении Шрёдера. Почему Уленшпигель сам не схватил второй труп, а властным движением молча повелел Хамиду, буквально шатающемуся от усталости после того, как он перетащил увесистое тело Мордастого, бежать за дохлым Махмудом. Тот, конечно, полегче своего приятеля был, но все-таки, разве боль палестинского народа не стучит в сердце Уленшпигеля? А если стучит, то почему он обращается с Хамидом, сыном этого самого палестинского народа, точно с рабом? Не вяжется со светлым образом...

За этими не слишком приятными мыслями Хамид перетащил все три трупа своих несостоявшихся палачей и сгрузил их под обрывом, на котором, уперев руки в боки, в классической позе колонизатора с карикатуры из левого журнала шестидесятых годов стоял Шредер. Он утер пот и, как ребенок, ожидающий похвалу, робко спросил: «Ну как вам Инструкции?»

Вместо ответа к его ногам, звякнув о камень, шмякнулась лопата.

— Копай, - крикнул Шредер. В руках у него, очевидно, для обороны на случай, если Хамид вздумает использовать эту лопату не по назначению, был все тот же пистолет, из которого он застрелил двух головорезов.

АЛЕКСАНДР КАЗАРНОВСКИЙ *127*

Хамид пожал плечами – ладно, как-никак Уленшпигель спас ему жизнь - и начал копать траншею. В последний раз - это было три недели назад - вот так же им командовал женоподобный, похожий на гермафродита, хамасовец, руководивший разбором завалов, образовавшихся после обстрела израильтянами улицы, на которую Хамид случайно свернул, когда шел покупать себе питы. Хамасовец, писклявым голосом пытался рычать, размахивал руками, а Хамид, еще парочка подростков, мобилизованных на расчистку и несколько молчаливых женщин перетаскивали каменные глыбы.

— Schneller! – гаркнул Шредер.

Почва была не бетон, конечно, но какая-то словно спресованная — верхний слой откорябывался легко, а дальше что-то начинало под острием лопаты скрежетать, кусочки грунта отколупывались еле-еле, в общем, каждый метр... - да что там метр! - каждый сантиметр давался с бою! Все чаще Хамид не просто налегал на лопату, а как бы опирался на нее, замедлив ритм своих движений и попросту отдыхая.

— Schneller! - орал тогда Шредер, уже полностью преобразившийся в эсэсовца из американского фильма о Второй мировой войне или о Холокосте. Непонятный трепет охватывал тогда Хамида. Он чувствовал себя евреем в руках палача, причем евреем из тех, доизраильских, времен, времен Ратушной площади...

«Эх, - ни с того ни с сего вдруг подумалось Хамиду, - был бы сейчас здесь Моше! Уж он бы...»

Ну вот, яма есть, и довольно-таки глубокая,

теперь надо превратить ее в траншею на три тела...

То ли у Хамида второе дыхание включилось, то ли он так глубоко задумался, то ли еще почему-либо, но минуты, вернее, десятки минут, в которые появилась траншея на троих, пролетели как-то незаметно. То есть вот как бы только что он примерял, прикидывал, докуда копать — и глядишь — уже утирает лоб и вопросительно смотрит на Шредера.

— Еще копай! - кричит Шредер.

— В первый момент Хамиду показалось, что он ослышался. Еще копать? Зачем?! Сгрести тела в траншею и делу конец!

— Копай, donner wetter!

И столько было в этом окрике ярости - да что там ярости? - ненависти, что Хамид в изумлении опустил лопату и поглядел вверх. Как раз в этот момент луна, словно по мановению неизвестного режиссера, выкарабкалась из тучи, и еще четче очертила чернеющий силуэт Уленшпигеля — силуэт голливудского злодея.

Откуда это бешенство у человека, лишь полтора часа назад спасшего ему, Хамиду, жизнь?

В этот момент луна смилостивилась и пролила перламутровые лучи свои на резко очерченное, с бритыми висками, лицо этого человека, и Хамид понял, почему оно показалось ему знакомым. Это было лицо эсэсовца из видения, которое посетило его на Ратушной площади. Заглянуть бы в глаза этому человеку, понять бы, за что тот его так ненавидит, что Хамид ему сделал. Но луна светила откуда-то сбоку, так что оба глаза оставались черными ущельями, тщательно прячущими все, что таится на дне. Зато третий глаз... Правда, Хамид знал, что скрывается на дне третьего глаза, но легче от этого не становилось. Потому, что глаз этот был дулом револьвера. И дуло было направлено на него, Хамида.

И этому человеку Хамид сам, добровольно, отдал драгоценную Инструкцию!

— Копай, мразь!

Хамид покорно опустил глаза и уже занес ногу, чтобы надавить на клинок лопаты, но тут опять застыл в изумлении, причем в таком изумлении, что на секунду, ну, не на секунду — на долю секунды - забыл о направленном на него дуле смерти. У собственных ног он увидел... кошку. Обыкновенную кошку.

Да как он мог, уже неделю бродя по Штутгарту и Эсслингену, не обратить внимания, что на улицах нет ни одной кошки, кроме тех, кого водят на поводках, как ту, возле «Гамбурга»?! Он, который в семь лет вместе с сестричкой Ханин безуспешно пытался выходить котенка, попавшего под колесо велосипеда, он, который до последнего дня существования их дома в Шуджаийе не только выносил окрестным кошкам варево, что готовила любвеобильная Айя, но и сам покупал кошачий «проплан» в зоомагазине, том самом, где жили два какаду — Рико и Коко, известные на всю Газу тем, что пристрастились к кофе и выпивали по несколько чашек в день на глазах у восхищенных посетителей, одним из которых он частенько становился. Все, все погибли — и Ханин с Айей, и животные, и птицы.

Луна вновь провалилась в тучу прежде, чем Хамид разобрал, какого цвета это существо, которое так доверчиво стало тереться о его ноги. Но Шредер, должно быть, без всякой луны видел не хуже кошки, потому что выстрел, заставивший Хамида слегка подпрыгнуть от неожиданности, а летучую мышь, укрывавшуюся в ветвях стоящего на откосе платана, сорваться в черноту ночи, этот выстрел был на удивление точен. Кошка с визгом рванулась в сторону и с размаху шлепнулась в свежевыкопанную траншею. Услужливая луна быстро выскочила из тучи, чтобы осветить ее тельце, из которого выплескивалась черная кровь, ее лапу, которой она дернула несколько раз прежде, чем навсегда затихнуть, ее хвостик, которым она еще пыталась пошевелить... Вспомнилось: «Не дай Б-г мне дожить до дня, когда у меня на пса, на бродячего пса слез не останется!» Эх, сюда бы сейчас Моше!

А может, не такой уж снайпер этот Уленш... впрочем, какой он к шайтану Уленшпигель?! Шредер он, немец, свинья фашистская! Так кто он — меткий стрелок или мазила, попавший в кошку случайно, потому что стрелял он ни в какую не кошку, а... в кого, в кого же он стрелял? И вдруг - простейшая мысль - удивительно, как она раньше не пришла ему в голову! С чего бы это Расми, слуга Шрёдера, вдруг попытался убить его, Хамида? Уж не по приказу ли самого Шредера? Так что выходит, стреляя в Аббаса и Махмуда, Шредер не Хамида спасал - он самого себя спасал от двух подосланных убийц! Помнишь, Хамид? «Надо

срочно убирать Шрёдера. Он уже обнаглел настолько, что вздумал нас шантажировать. Отправляйтесь,
ребята, в Эсслинген и разберитесь там и с ним, и с
этим сыном свиньи, правдоискателем, что свалился
на нашу голову...»

Хамид вновь поднял глаза. Шредер не торопился. Целился спокойно, не спеша. Хамиду бежать все
равно было некуда — он стоял перед убийцей, как на
ладони. И луна, подлая луна, сволочная луна, точно
хороший прожектор изо всех сил, освещала жертву —
стреляйте, герр Шрёдер!

Хамид зажмурился. За последние три часа его
убивают в третий раз. Сейчас прогремит выстрел.

Но выстрел не прогремел. Вместо него был какой-
то странный звук раздался — будто что-то большое
и тяжелое рухнуло с приличной высоты. Не дождавшись выстрела Хамид осторожно открыл глаза. Он
увидел, что же такое рухнуло с откоса. Это было тело
Шрёдера.

***

— У нас в одной мудрой книге написано: «Мудрец,
обнаруживший в реке череп, сказал: «За то, что ты
топил, тебя утопили, но и тебя утопивший утоплен
будет». Почти та же, та же ситуация, что тут. Этот
Расми хотел тебя убить, двое его убили, Шредер их
пристрелил…

— А ты ребром ладони переломил шею Шрёдеру,
- закончил Хамид, скрестив на груди руки и обнимая

себя за плечи. Его все еще знобило. - Где ты так наловкался-то?

Они сидели на том самом откосе, где полчаса назад стоял Шрёдер с лицом эсэсовца и револьвером в руке.

— В «Сайерет Маткаль»*, - отвечал Моше. - Это-то несложно было. Вот подкрасться сзади так, чтобы он ничего не услышал...

— Так ведь ты мой спаситель... - начал Хамид.

— Я уже объяснял, объяснял тебе, - возразил Моше, - что это ты мой спаситель. Если бы ты тогда ночью не смылся, а я бы не погнался, не погнался бы за тобой в аэропорт, остался бы в доме, куда вскоре попала ракета, лежал бы я сейчас, лежал, вот как эти... - он кивнул в сторону только что засыпанной ими траншеи, над которой земля слегка вздыбилась — тихо лежал бы. Плиты надо мной еще бы не было, и могилка моя напоминала бы незасеянную клумбу, а мои внуки инкрустировали бы ее разноцветными камушками.

— Пусть так, - согласился Хамид, усмехаясь. - Но все мои предыдущие спасители, сперва спасали меня, а потом сами принимались убивать. Но не успевали… Надеюсь, ты не пойдешь по их стопам.

— В каком смысле?

— Так ведь не станешь меня убивать.

— А я-то думал, ты надеешься, что я не пойду по их стопам в смысле - вслед за своей жертвой сам не отправлюсь на тот свет, - рассмеялся Моше.

— О чем ты! - воскликнул Хамид почти серьезно.

- Как такое может быть?! Ты — и вдруг на тот свет!

— А почему, почему нет? - удивился Моше. - Что я, Б-г?

— Так ведь ты полубог! - без улыбки произнес Хамид.

— Ладно, полу так полу, - согласился Моше. - Кстати, откуда, откуда куревом несет? Здесь вроде бы, кроме нас никого нет.

— Не знаю, - отвечал Хамид. – Но мысль хорошая. Пожалуй, я покурю.

И достав из кармана пачку, дрожащими руками он стал вытаскивать сигарету.

— Ну, покури, покури, - одобрил Моше, поднимаясь на ноги, и вдруг осекся. Да-да, это тот самый запах, который его преследовал и на берегу моря под Ашкелоном, и в аэропорту, и в Пардес Хане, и только что здесь. Это был не просто табачный дым, это был запах Спасения. Говорят, есть запах смерти. Что ж, табачный дым, который выдыхал Хамид, нес в себе аромат жизни. Моше с нежностью посмотрел на этого худого парня, что сидел, скрючившись, на корточках и высасывал из сигареты затяжку за затяжкой. Ну-ну, не размякать!

— А как ты меня нашел? – каким-то жалобным голосом спросил Хамид, снизу поглядывая на нависшего над ним Моше.

— Потом расскажу, сейчас некогда! Пора, пора

---

* специальное подразделение Управления разведки Генерального штаба Армии обороны Израиля. Бойцы «Сайерет Маткаль» считаются лучшими диверсантами в мире.

собираться, - объявил Моше, потягиваясь.

— Куда мы сейчас? Так ведь ты говорил, в Мюнхен? - спросил Хамид, и в голосе его прозвучала какая-то покорность, чтобы не сказать «обреченность». Прежние его спасители, не успев спасти, принимались его убивать. А этот, по крайней мере, на жизнь не покушается, зато тащит куда-то черт-те куда. В Мюнхен. Что ему, Хамиду, делать в этом треклятом Мюнхене? Недаром народная мудрость гласит: «Последуешь за совой – попадешь в развалины».

— В Мюнхен мы едем встречаться с настоящим Уленшпигелем, с человеком, которому чужая боль действительно, действительно стучит в сердце. В отличие от твоего Шрёдера — он ткнул пальцем в сторону траншеи - и других таких вот шрёдеров, которые и являются истинными убийцами детей в Газе, то есть заказчиками их гибели.

— Оставь Шрёдера в покое, - сказал Хамид. – Как говорят в нашем народе, после смерти не упрекают.

— Вот-вот, - согласился Моше. – И он нас после своей смерти ни в чем не упрекнет. Тем более, что упрекать ему нас по большому счету не в чем. А что касается Петера, то это — по-настоящему честный журналист. У него интернет-телеканал. Не центральное, конечно, телевидение, но кое-что. Пошли в «ауди».

— Какое еще ауди? -удивился Хамид.

— «Ауди А6», который я арендовал первым делом по прибытии в Штутгарт. Я оставил его в двух кварталах от дома твоего Шрёдера. Поднимайся, нельзя терять ни минуты, ни минуты!

«Ну что ж, - подумал Хамид. – Нельзя так нельзя. Поедем, посмотрим, какой такой Петер. Так ведь вдруг что и получится. Как говорится, из шипов выходят розы.

***

— Этот журналист, конечно же еврей? - спросил Хамид, торопливо пристегиваясь, чтобы прекратились мерзкие напоминания со стороны «нудника», от которых у него начиналось что-то вроде зубной боли.

— Он немецкий христианин, член организации, поддерживающей Израиль. Хочешь знать, как мы познакомились?

— Как? - усталым голосом спросил Хамид. Он удивлялся сам себе. Надо было радоваться. Мало того, что за три часа Аллах трижды чудесным образом спас ему жизнь, так теперь, когда, казалось, погибла надежда на осуществление его мечты поведать миру правду о том, что творится в Газе, продемонстрировать всем Инструкцию, которую он прежде, чем присыпать покойного Шредера землей, выудил у него из кармана, Аллах эту надежду воскрешал. Но сил радоваться не было.

— Девять лет назад наш премьер Ариэль Шарон разрушил пояс поселений вокруг Газы — Гуш Катиф. Помнишь такое?

— Как же не помнить? Мы все радовались. «Евреи начинают драпать!» «Интифада победила!» «Да здравствует ХАМАС!» Плакали только те, кто работали в израильских поселениях и в теплицах.

— Поня-я-тно, - протянул Моше, выруливая на скоростное шоссе. – Ну, а как с вытрезвлением, с прозрением-то как?

— Так ведь на это ушли годы! Я же и сам когда-то голосовал за ХАМАС. Кроме того, в первое время мы действительно почувствовали облегчение — никаких больше блокпостов, Езжай куда хочешь! А то ведь заключенными себя чувствовали — на каждом шагу проверки документов, а там — часовые очереди, солдатская брань, произвол! Но при чем здесь ваш христианский друг — э-э-э...

— Петер? Сейчас расскажу. Значит, так — вы радуетесь, мы, соответственно, в ужасе. Мы — это все, кто считают, что евреи имеют право жить на своей земле...

— На своей или на чужой?

— Оставим сейчас политические дискуссии. Уж кто-кто, а ты, по-моему, достаточно плотно пообщался с нашими оппонентами. Но помимо всего, «мы» это еще и те, кто понимали, что отступление из Гуш Катифа неминуемо приведет к власти ХАМАС, если не во всей автономии, то уж в Газе точно. Со всеми вытекающими, вернее, вылетающими в виде «кассамов», последствиями.

— Значит, это все-таки вас, вернее, ваших правителей, мне благодарить за гибель своих сыновей, - задумчиво прошептал Хамид.

— Поблагодари себя, голосовавшего за ХАМАС, -

жестко ответил Моше.

Хамид с удивлением взглянул на него. Такого Моше он еще не видел. Даже прикончив Шредера, он — и это поразило Хамида немногим меньше, чем само его появление — он сохранял добродушное выражение лица, а тут... Стиснутые зубы, желваки ходят ходуном, взгляд, неожиданно твердый, как ребро ладони, которым он срубил бывшего Уленшпигеля.

— М-да... Расслабляться рановато. Чужая душа — потемки, особенно, если это душа еврея.

— Ладно, ладно, слушай дальше. После того, как по приказу Шарона армия и полиция блокировали границы Гуш Катифа, чтобы не дать нам, сочувствующим, приехать в поселения и сорвать этот план Размежевания...... Десятки тысяч людей решили в массовом порядке туда прорваться. Сначала мы собрались в небольшом поселке Кфар Маймон у самой границы Гуш Катифа, хотели колонной двинуться, но там нас фактически заперли прямо в поселении. Тогда через две недели мы собрались в Сдероте, чтобы оттуда несколькими группами двинуться в Гуш Катиф.

— В Газу, - уточнил Хамид, в котором откровения Моше вызвали приступ несвойственного ему упрямства.

— Нет, Хамид, - на сей раз терпеливо отреагировал Моше. - Из Газы мы ушли в девяностых. А большинство поселений Гуш Катифа располагались по периметру сектора Газа. Так что не надо.

— Что было дальше? - глухо спросил Хамид, глядя на парные вереницы красных огоньков, уносящихся вдаль по правой стороне шоссе, и желтых огней, летящих навстречу.

— Дальше? Дальше я обнаруживаю в нашей группе некую личность, резко выделяющуюся. Мало того, что, кроме меня, вокруг сплошная молодежь, а этому за сорок, так он еще и на иврите ни слова не рубит. Мы познакомились. Выяснилось, что это немец, никакого отношения к Израилю не имеющий. Специально приехал в Израиль, чтобы участвовать в борьбе против «Размежевания». Зовут — Петер. Петер Бигельбауэр. «Ах, какая у вас замечательная молодежь, - повторял он, с восхищением провожая взглядом шествующий мимо отряд парней и девчушек из «Бней Акивы». - Сколько любви к Родине, сколько мужества, сколько духовности! У нас в Европе нет ничего подобного!

— У нас в Тель Авиве тоже, - с грустью констатировал я.

— А что его сюда принесло? - с неприязнью спросил Хамид. - Христианские взгляды или комплекс вины перед евреями?

— Ну, насчет последнего я его, понятно, не спрашивал, а сам он как-то не распространялся. А вот насчет христианства, взгляды его весьма любопытны. «Я, - говорит, - не принадлежу ни к одной конфессии. По взглядам являюсь библейским христианином». «Ого! - думаю. - Это что-то новенькое». А он поясняет : «Беда в том, что христианство, выйдя из Библии, далеко от нее ушло. Все эти две тысячи лет оно было чересчур политизировано. Мне кажется, главная задача его сейчас — снова стать библейским».

— Мне это особенно интересно! - хмыкнул Хамид.

— Ах да, - подмигнул ему Моше в зеркальце. - Какое тебе до этого дело? И мы и христиане для тебя — гяуры! Нас надо или гнать или давить или и то и другое!

— Ну зачем вы так? - смущенно пробурчал Хамид. - Что я, хамасовец что ли?

— Бывший, - отрезал Моше.

Хамид хотел, было, обидеться, но не стал. А Моше продолжил:

— «А где, - спрашиваю, - вы остановились в Израиле?» «Как это — где? - говорит, - здесь и остановился. Вот все мои вещи». И при этом указывает пальцем на рюкзачок, расчитанный разве что на первоклассника и полиэтиленовый пакет вроде тех, куда запихивают продукты в супермаркете. Ну, прорыв у нас в ту ночь не удался. Нас с Петером повязали одними из первых, когда мы пролезали под колючей проволокой. Даже документы проверять не стали — запихнули в «зинзану», отвезли в район Ашкелона и высадили неподалеку от той бензоколонки, где мы с тобой встретились. Ну что, я взял такси и отвез его к себе домой так же, как вот недавно тебя. Всю ночь, всю ночь мы с ним проболтали. А через полтора месяца получаю перевод его очерков о приключениях в Израиле, треть повествования - о моей скромной персоне. Это было девять лет назад. С тех пор расцвел интернет, где мой Петер весьма преуспел, а следом и интернет-телевидение вылезло на белый свет. Петер, разумеется, шагал, чтобы не сказать «скакал» в ногу, в ногу со временем, вовремя подсуетился и осчастливил просвещенный мир собственным каналом - интернетовским телеканалом. Студия находится в Мюнхене, куда мы сейчас, собственно, и едем, а количество ежедневных заходов на этот канал исчисляется десятками, если не сотнями тысяч, так что по части популярности покойный Шредер ему не конкурент. Кстати, благодаря Петеру я вовремя успел сюда. Он в два счета раздобыл для меня адрес этого самого Шредера. Когда ты сбежал, я решил сгонять за тобой в аэропорт – вдруг удастся остановить тебя, дурака! Не удалось, конечно, остановить, не удалось… Но пока я ездил, ВАШИ…

…Хамид съежился при этом «ваши»

— Ваши мой дом, дом мой разбомбили. Вот и вышло, что тебе я обязан жизнью. Связался я с Петером. Оказалось, он прекрасно знает этого Шредера – редкая гнида. Вот и выпало мне мчаться, спасать своего спасителя, выручать свою палочку-выручалочку.

— «Уленшпигель...»- прошептал Хамид, и прилив неожиданной горечи нахлынул на него.

Хамид беззвучно и бесслезно плакал. Он оплакивал… нет, не Шредера, а свою мечту о встрече с незнакомым прекрасным Уленшпигелем, с Махди*, оказавшимся Даджалем**, слугой Шайтана!

Моше, похоже, угадал его мысли.

— Что делать, дорогой! - грустно сказал он. - Как бы ни были прекрасны по весне цветы, рано или поздно они все отцветают. Вот то же и с надеждами, с нашими надеждами... А это еще что за Гог и Магог?!

Здоровенный джип поравнялся с «ауди» и начал

подрезать его. Одновременно правое переднее окно опустилось, и наши герои увидели человека с пистолетом в руках.

— Гамаль! – в ужасе крикнул Хамид, узнав в темноте своего главного врага.

Кто такой Гамаль, Моше еще не знал, но интуитивно оценил ситуацию. Резко бросив машину вперед и снеся джипу к чертовой бабушке зеркальце, а заодно - сувениром от острого края передней фары джипа украсив свой «ауди» царапиной - Моше при первой же возможности - а она предоставилась метров через четыреста - свернул на уходящее вправо ответвление шоссе.

Бах! Бах! Бах! Бах! Бах! Пули отправленные вдогонку, цели не достигли, а пока джип Гамаля, пролетевший развилку, разворачивался, чтобы продолжить преследование, Моше набрал скорость и – поминай как звали.

— Сын осла! -орал Гамаль, овеваемый на пустом ночном шоссе встречным ветром.

— Сын Шлюхи! Я твою бабушку трахал! Чтоб тебя измазали дерьмом! Чтоб мой Бог проклял твоего отца! Чтоб мой Бог разрушил твой дом! Ничего-ничего! Я до тебя доберусь!

Он схватил мобильный телефон и буквально застучал пальцами по экрану.

— Ну же, ну, соединяйся уже, сын падали! Ахмед,

---

*Махди́— в исламе: последний преемник пророка Мухаммеда, мессия, который появится перед концом света.

**в исламской традиции: лжемессия, аналогичный Антихристу в христианстве болезнь на твой х…! – подойди уже к телефону! Алло! Алло! Ахмед? «Ауди А6»! Синий, похоже едет в сторону Мюнхена!

Но это было не совсем так.

— Почему мы свернули? - спросил Хамид.

— Потому что шоссе Штутгарт – Мюнхен для нас теперь закрыто, совсем закрыто!?

— То есть… - не понял Хамид.

— Я так полагаю, что твой приятель не одинок и уже сообщил своим дружкам о нашем приближении, - усмехнулся Моше. - Так что, если ты не хочешь новых приятных встреч вроде той, что сейчас была, то…

— Так мы что, в Мюнхен уже не едем? – пробормотал вконец запутавшийся Хамид.

— Едем, едем! – успокоил его. – Только окольными путями и заедем не с северо-запада, то есть со стороны Штутгарта, а с северо-северо-востока, со стороны мюнхенского аэропорта!

***

Он весь был какой-то квадратный, этот герр Браун, полицейский следователь, куривший противные сигареты и глядящий на Марион квадратными глазами. И голова у него была квадратной, и уши были квадратными, и челюсти, и все тело и даже руки он все время держал согнутыми в локтях точно под прямым углом.

— Да, я Марион Бунзен, тысяча девятьсот девяностого года рождения, замужем за Фрицем Бунзеном, работаю в гостинице «Гамбург». Я хочу понять, зачем вы среди ночи вызвали меня звонком и…

— Фрау Бунзен, - проревел следователь басом, в котором прорывались время от времени хрипы, придавая голосу Брауна некую квадратность. – Фрау Бунзен! Как сообщил нам редактор «Нойе Штутгартер Цайтунг», герр Циттербакке, не далее, как шесть дней назад, вы явились в редакцию их газеты на Шлоссштрассе 17 и, после двадцатиминутного скандала, буквально выцыганили у них, да что я говорю? – силой вырвали у него информацию о месте проживания журналиста Германа Шрёдера, который печатается под псевдонимом «Уленшпигель». Вы не могли бы объяснить, зачем вам это было нужно.

— Не могла бы! –заявила Марион, решительно тряхнув головой, и черный водопад волос с новой силой обрушился на ее плечи. – Не могла бы, потому что сие мое личное дело. Считайте, что я влюбилась в этого самого Уленшпигеля и собираюсь с ним переспать. Такой ответ вас удовлетворяет?

— Не очень. - Ломаная линия кривой усмешки пересекла его квадратное лицо.

— ?

— Ну во-первых, вы замужем…

— Для меня это не помеха, - это признание Марион в сочетании с улыбкой ее алых губок вызвало у полицейского острое желание срочно в эти самые губки впиться собственным резко очерченным квадратным ртом. Подавив (хотя бы на время) это желание, он продолжал:

— Во-вторых, похоже, вы не из тех, кто откладывает дела в долгий ящик, так что возникни у вас это желание, вы бы за шесть дней его осуществили.

— А кто вам сказал, что я этого не сделала? И опять же, какое ваше дело? Когда хочу, тогда и осуществлю!

— А вот это вам вряд ли удастся, - злорадно пробасил Браун. Если вы, конечно, не… не некрофилка…

— То есть? – нахмурилась Марион.

— Дело в том, - торжественно провозгласил Браун, - слегка приподнявшись от охватившего его восторга, - что журналист Герман Шрёдер, псевдоним «Уленшпигель» был убит несколько часов назад возле своего дома в Эсслингене. И не только он…

***

Всю жизнь Хамид маялся бессонницей. Любой пустяк, любой повод для беспокойства мог заставить его ворочаться до утра. А тут, впервые в жизни, в самый, быть может, критический момент, когда, преследуемый террористами он несся навстречу неизвестности в арендованном Моше «Ауди-:6» он вдруг, что называется, вырубился. Да как! Без сновидений! Словно в черный океан провалился.

Выдернул его из этого океана неоновый указатель Freising-suid. И первая мысль – маяк! Светящийся маяк в океане ночи. На голубом – белые буквы. Фрайзинг… Вот существует какой-то там Фрайзинг-зюйд, южный Фрайзинг, в котором живут, должно быть, тысячи, а быть может, десятки тысяч людей, и никто из них не знает, что есть на свете такой вот Хамид Шафи, за которым гонятся убийцы, и этому Хамиду надо помочь, очень надо помочь, иначе он умрет, а ему совсем, ну вот совсем не хочется умирать. Странно, да?

— И немцы бы тогда – они ведь добрые, немцы, правда? – всех злых после Второй мировой повывели…. Все, ну, может, за исключением той зловредной старухи-альбиноса, а может, и она тоже добрая, только шибко глупая! И немцы бы повыходили из своих домов и всей толпой заслонили бы его, Хамида, от злого Гамаля!

— Поворот на какой-то Аутстарт. Ладно, Фрайзинг уже просхали, Б-г с ним, с Фрайзингом. Сейчас в этот Аутстарт свернуть бы, укрыться там, отсидеться… Там бы Гамаль ни в жизнь его не нашел. Но Моше неумолимо гнал Ауди-6 вперед.

— «Арена», - неожиданно объявил он хриплым от длительного молчания голосом.

— Что? - переспросил Хамид, проводив взором проплывшую справа и исчезнувшую за спиной светящуюся тушу гигантского розового кита.

— Стадион «Арена».

***

Модульная камера глядела в упор на Хамида. Казалось, она живая. Хамид, поспавший прямо в студии несколько часов, но так и не пришедший в себя после бессонной ночи – «Вставай! Сейчас как раз прайм-тайм!», пытался отвести взгляд, но долговязый Петер, стоя позади оператора, корчил ему страшные рожи и все время махал рукой, дескать, смотри в камеру!

— Я – Хамид Шафи, приехавший из Газы через Израиль в Германию по фальшивому паспорту на имя Хамида Кулани…

По гортани словно кто-то наждаком прошелся. Слова вырывались наружу ободранные, окровавленные. Каждое прилагательное, казалось, оставляло трещину на губах, каждое междометие — ожег на языке.

— Вот! - закричал Хамид и, вытащив из-за пазухи Инструкцию, развернул ее напротив камеры. - Вот! Это Инструкция! Это руководство по ведению огня в городских пределах, которое принадлежало бригаде ХАМАСа «Шуджаийя». Ее мне…- Хамид чуть было не ляпнул, что получил ее от Сари эль-Фаране, с которым вместе сидел в тюрьме, от Сари, последовательного борца против ХАМАСа, закоренелого «фатховца», друга Абу-Мазена. - Вот здесь! Так ведь написано черным по белому: «гражданское население Газы должно использоваться против ЦАХАЛа, поскольку последний стремится минимизировать потери среди гражданского населения. Вот здесь – слышите! – «сионисты должны ограничить использование оружия ради уменьшения как потерь среди мирных граждан анклава, так и разрушений инфраструктуры, поэтому им трудно получить максимум пользы от своего оружия и огнестрельных орудий, особенно во время ведения заградительного огня». А вот еще –» «присутствие гражданских лиц создает множество очагов сопротивления продвижению войск ЦАХАЛа, что вызовет следующие трудности: при открытии огня; при контролировании гражданского населения во время и после операций; оказание первой медицинской помощи гражданским лицам». А вот дальше – «несомненна выгода, которую мы получим при максимальных потерях среди мирных граждан и разрушениях инфраструктуры. Основное преимущество от этого – это рост негативных настроений в отношении ЦАХАЛа и, соответственно, усиление поддержки сил сопротивления».

Голос Хамида окреп. Глядя в черный глаз камеры, он стал взахлеб рассказывать о том, как погибли его жена и дети, как его избивали в тюрьме, как убивали его друзей, как он стремился к Шредеру, сюда, в Штутгарт как наконец-то встретился с ним!

— Так ведь тогда, - продолжал Хамид, - я понял, что этот человек, Шредер, не просто не Уленшпигель, не просто обманщик, разглагольствующий о своем сочувствии к нашему несчастному народу в то время, как никакого сочувствия нет и в помине, о нет, я понял еще нечто куда более значимое! Я понял – так ведь именно этот лже-Уленшпигель и есть главный виновник гибели моих детей. Да-да, никакой не ХАМАС, именно он и ему подобные и есть заказчики гибели мирных жителей, так ведь их гибель и дает всем этим так называемым левым и либеральным борзописцам возможность делать бизнес на нашей крови и заодно распространять свои антиеврейские нацистские бредни. Да, я все это понял, но было слишком поздно! Подручный Шредера уже затягивал у меня на горле удавку. А вот еще одна инструкция. Не такая секретная, но не менее любопытная! Ее выпустило инструкции Министерства Внутренних Дел и Национальной Безопасности Палестинской Автономии.

1. Любой убитый должен прежде всего называться «гражданским лицом» — и только потом можно упомянуть его статус в джихаде или воинское звание. Не забывайте всегда добавлять к имени убитого «невинный гражданин» или «мирный житель».2. Начинайте ваши сообщения об атаках палестинского сопротивления фразой «В ответ на жестокую израильскую агрессию» и завершайте фразой «Столько-то человек погибли с начала израильской агрессии в Газе». Всегда следуйте формуле «атака — ответ на оккупацию, палестинцы только реагируют».

3. Следите за сообщениями израильских представителей. Всегда подвергайте их сомнению, опровергайте и представляйте ложью.

4. Избегайте публикации фотографий ракет, запускаемых из жилых кварталов Газы по Израилю. Не публикуйте фотографии мест, откуда ведётся обстрел.

5. Не публикуйте фотографии наших бойцов в масках и с тяжёлым оружием, чтобы вас не обвинили в подстрекательстве к насилию.

6. В разговоре с западными журналистами используйте рациональный политический язык, избегайте

эмоциональных выпадов. Наша цель — разоблачить подлость оккупации и уличить её в насилии.

7. Не убеждайте западных людей, что Холокост — это ложь. Не отрицайте Катастрофу. Наоборот, используйте её для сравнения, чтобы показать, что именно это теперь Израиль творит с палестинцами.

Нарратив жизни против нарратива крови. Когда вы говорите с арабами, говорите об убитых как о мучениках, павших в боях с агрессорами. Но когда вы говорите с западными людьми, говорите об убитых как о мирных гражданах. Говорите о большом количестве раненых. Показывайте человеческое лицо палестинских страданий. Красочно описывайте страдания мирных жителей под гнётом оккупации и бомбёжек.

Не публикуйте фотографии военных командиров. Не упоминайте их имена и не восхваляйте их успехи в беседах с иностранными друзьями.

Тр-р-рах! Дверь с треском слетела с петель и хлопнула об пол!

— Всем оставаться на местах! Руки!

Хамид и Моше, увидев полицейских, направляющих на них дула автоматов, послушно подняли руки. Еще раньше то же сделал Петер, причем руки у него поднялись как-то странно, будто рывком, как у марионетки или заводной куклы. Единственный, кто не проявил никакой дисциплинированности, был оператор, который даже слегка оживился при виде копов, направил на них объектив и подкрутил шайбу микрофона, очевидно, чтобы зрители смогли лучше расслышать, что поведают им стражи порядка. Какой-то момент дуло одного из автоматов и камера оператора смотрели друг на друга — эдакая беззвучная дуэль! - а затем полицейский заорал оператору:

— Выключи телекамеру!

— С чего это вдруг? - удивился телеоператор и продемонстрировал тысячам восхищенных зрителей пухлое недоуменное лицо полицейского.

— Я не понимаю, что здесь происходит, - вдруг очнулся от столбняка Петер Бигельбауэр и руки его из покорно поднятых превратились в два вопросительных знака. - Почему органы насилия вламываются в студию, где работают представители свободных СМИ? Мы что, живем в Третьем Рейхе или, может, в Советском Союзе?

— Мы явились, - произнес полицейский, - чтобы выполнить постановление начальника Баварского земельного уголовного ведомства господина Раушенбаха о задержании Моше Ниссана и Хамида Кулани...

— Так ведь Шафи я ! – крикнул Хамид.

— ...По подозрению в убийстве Расема аль-Римави, Аббаса Наджи, Махмуда Хемейда и Германа Шредера. До того, как следствие будет завершено, согласно закону, запрещено разглашать какие-либо его детали. Я требую, чтобы были немедленно убраны видеокамеры и предупреждаю всех присутствующих об ответственности за разглашение тайны следствия.

— У нас нет тайн от зрителей! - воскликнул Петер. - Продолжайте, Хамид!

В этот момент Моше с проворством спецназовца,

но отнюдь не шестидесятилетнего старика, рыпнулся в коридор и исчез в его темной траншее, увлекая за собой блюстителей порядка, а Хамид, воспользовавшись замешательством, заговорил скороговоркой:

— Я хочу, чтобы вы, европейцы знали — убийцы нашего народа вовсе не в Тель-Авиве и даже не в Газе. Убийцы нашего народа — здесь, в Европе! Это те, кто объявляет себя борцами за его права! А я... что я? Враги хотели убить меня, но убивали друг друга — Расми...

— Кого? - переспросил Петер.

— Так ведь Расема... Расема убили Аббас и Махмуд — ножом зарезали, Аббаса и Махмуда застрелил Шредер...

— А Шредера? - выкрикнул капитан полиции, вновь появившись в комнате и направляя на Хамида дуло автомата. После чего разразился тирадой на немецком языке в адрес оператора. Хотя Хамид не понял ни слова, смысл тирады был совершенно ясен: оператору предписывалось убрать свою чертову камеру, если он не хочет, чтобы эту чертову камеру, черт подери, разнесла к чертовой матери автоматная очередь.

— Это называется демократия? - спокойно парировал оператор, направляя объектив на собеседника.

Собеседник не нашелся что ответить и, вновь переключившись на Хамида, заговорил на плохом английском:

— Итак, передача окончена. Господа Бигельбауэр, Ниссан и Кулани, просьба следовать за мной.

— Предъявите ордер на задержание, - заявил господин Бигельбауэр. – В противном случае ваши действия незаконны, и я никуда не пойду.

Госпоин Кулани молчал. Вместо него отозвался осмелевший господин Шафи::

— Вот пусть Кулани и едет с вами! А я – Шафи!

А господин Ниссан тем временем, в недрах квартиры-студии, героически сражался с полицейскими, пытавшимися его скрутить.

***

— Алло! Да, Монира! Да-да, это я, Гамаль! Что? По какому компьютеру? Ничего не понимаю! Выступают? Хамид? Ты уверена, что это тот самый Хамид? Как фамилия? Правильно, Хамид Шафи. Да. Из Газы, точнее, из Саджайи. Всё сходится. А с ним кто? Я спрашиваю: «Кто второй? Что?! Я ушам своим не верю! Не может быть! Ну и что, что израильтянин? Может, все же израильский араб? Неужели Хамид снюхался с евреем, болезнь на его член?! Ах, он шармута сионистская, брат педераста! Теперь-то я понимаю, почему он с такой легкостью справился и с Махмудом, и с Аббасом, и со Шредером. Так говоришь, по интернет-телевидению выступают? Так вот куда они ехали! Ну да, мы их на Мюнхенском шоссе потеряли… И давно они начали? И что, говоришь, он нас обвиняет во всех преступлениях? Так и так его сестру! Монира, быстро звони Мустафе - пусть срочно узнает адрес этой студии, мы туда двинем с

Фаридом. Что значит, «как найдете»? По навигатору! Нет, выступление сорвать, боюсь, не успеем – пока еще Мустафа все выяснит! Пока мы до них доберемся! Но хотя бы покарать! Чтобы другим неповадно было!

Гамаль отсоединился и с нежностью погладил свой «Карл-Густав». Ну-ну, старина, я не сержусь на тебя за то, что ты не оказался на высоте там на шоссе. С кем не бывает! Главное – сейчас не подведи.

«Карл Густав» не хуже «калашникова», а производство его наладить легче. И бьет на двести метров и делает шестьсот выстрелов в минуту, а что этот сын шлюхи Хамид ушел вместе со своим евреем, так, положа руку на сердце, не «Карл Густав» в том виноват, а сам Гамаль. Зачем он патроны-то жалел? Не одиночными надо было бить, а палить очередью!

Запел мобильный.

— Алло! – встрепенулся Гамаль.

— Записывай адрес, - сказала Монира.

***

Хамид стоял на месте. Он пролетел пол-Европы, пережил такое, что не приведи Аллах, и все ради того, чтобы поведать миру свою историю, и вот теперь, когда мечта сбылась, когда где-то, в лабиринтах Европы тысячи или десятки тысяч лиц, прильнувших к экранам компьютеров, ждут, что после своего сбивчивого обвинительного монолога он, во всех деталях рассказав о том, что же все-таки произошло, рассказав о том, чему был сам свидетелем и жертвой чего стали его дети, теперь расскажет о том, как хамасники выполняют молчаливые порою даже не произнесенные вслух инструкции господ из европейских редакций и телестудий и из штаб-квартир многочисленных организаций, борющихся на словах за идеалы гуманизма, а на деле за новый Освенцим. Все пошло прахом.

Хамид не двигался. Тишину, казалось, можно было резать ножом, словно сыр.

Нержиданно из темного коридора появился Моше, причем в изрядно согнутом виде, поскольку обе его руки были заломлены за спину торжественно вышагивающими слева и справа полицейскими.Тут капитан полиции прямо затрясся от негодования.

— А, господин Ниссан? Сейчас мы с вами отправимся в полицию, и там вы конечно же поведаете нам каким образом вы оказались в Германии, что вы, житель Израиля, забыли здесь?

— Что я забыл? - вдруг поднял голову Моше. – Что я забыл? А я и здесь, я и здесь могу поведать! Хамида я забыл! Дома, в Израиле, Хамид спас мне жизнь! Невольно, но спас! Я не сомневался в том, чтО из себя представляет этот Шредер, этот «Уленшпигель», да будет проклята память о нем. Переубедить, переубедить Хамида, развеять его иллюзии мне не удалось — парень сбежал. Оставалось одно — следовать за ним в Германию и спасать от этого проклятого Шредера.

Английское слово damned – «проклятый» - Моше произнес с каким-то особым аппетитом, словно оно таяло у него на языке. А затем последовала пауза. Сейчас должно было последовать признание в убий-

стве — пусть со смягчающими обстоятельствами, по
убийстве. А были ли они, эти смягчающие обстоя-
тельства или нет, это будет еще проверяться и пере-
проверяться, ибо сейчас налицо четыре трупа и один
несомнешный убийца — Моше Ниссан.

— Entschuldigen Sie mir bitte! Das Tur war geoffnet!

Если бы Хамид знал немецкий, он понял бы, что
внезапно вошедший высокого роста человек в пид-
жаке, казалось, вот только что выглаженном, в белой
рубашке и синем галстуке, в серой шляпе, которую
он, впрочем, немедленно снял, едва войдя в комнату, с короткой бородкой и каким-то пронзительным
взглядом — взглядом, под которым так и хотелось
вытянуться в струнку возопить: «Каюсь! В грехах, как
в репьях! Но Аллах свидетель — больше не буду!», что
этот человек просит прощения за свое неожиданное
появление здесь, объясняя неожиданность его тем,
что дверь была открыта.

Далее явившийся господин представился:

— Фридрих Шварц. Ein Rechtsanwalt. A lawyer, -
пояснил он, повернувшись к Моше, а затем и к Хамиду.

— Адвокат? - переспросил Моше.

— Да, - кивнул тот. – Адвокат Германа Шрёдера.

Тут их беседу прервал начальник полицейской
опергруппы и прервал дикой бранью на немецком,
обращенной к его подчиненным, что стояли, понурив
головы, хотя и не выпуская запястий Моше из своих
рук.

Видимо он выговаривал им за то, что те оставили
наружную дверь открытой — в самом деле — непро-

стительная и странная для сотрудников правоохранительных органов халатность, в результате которой залетный преступник Моше мог бы попросту сбежать, если бы вдруг захотел. Взрыв начальственного негодования закончился фразой явно повелительного характера, после чего на Моше немедля были надеты наручники. После этого полицейский обратился к адвокату.

— Was

— Willst du?* -Что ты хочешь?

— Nicht was willst du, aber was wollen Sie.

— Was wollen Sie?*

Напрочь его игнорируя, обнаглевший адвокат обратился к Моше, Хамиду, а также к многочисленной публике, восхищенно следящей за тем, что происходило, на экранах телевизоров по всей Европе и за океаном.

— Покойный герр Шредер, - объявил он на идеальном английском, почти без акцента, - за несколько часов до своей трагической гибели, не доверяя ни обычной почте, которую можно перехватить, ни электронной, которую можно взломать, приехал лично ко мне, крайне взволнованный, все твердил, что у него серьезный конфликт с ХАМАСом, что хамасовцы с ним что-то не поделили и хотят его убить, что он час колесил по Баварии, чтобы удостовериться, что за ним нет хвоста, и что вот, дескать, флэшка, на которой интервью с человеком, приехавшим из Газы, с челове-

_____

*- Не «что ты хочешь?», а «что вы хотите?»

ком, у которого по вине ХАМАСа погибли все дети, и что он предупредит ХАМАС, что, в случае его гибели, интервью это выйдет в эфир. «И действительно, - сказал он, - если они все же меня грохнут - адвокат употребил красивое выражение «bump off» обнародуй это интервью. Это будет твоя месть за меня!» Вот эта флэшка.

Капитан бросился на эту флэш-карту, как вратарь на мяч, но Шварц резко отвел в сторону руку с зажатым в ней драгоценным документом. .

— Осторожно, - сказал он, глядя не на полицейского, а в синий зрачок телекамеры. – Эта флэшка является моей собственностью, и, пожалуйста, не тяните к ней свои грязные лапы.

Капитан что-то рявкнул по-немецки.

— Говорите, вещественное доказательство для приобщения к делу? – переспросил адвокат на своем красивом английском, явно работая на международную публику. – О кей, предъявите, пожалуйста, постановление об изъятии, и я с удовольствием вручу вам эту ценную улику. Ну?

И он опять же на глазах у телезрителей протянул флэш-карту капитану. Тот в нерешительности развел руками, при этом пальцы у него сами собой скрючились, словно он пытался поймать каждой рукой по упавшему с неба теннисному шарику. Видно было как этот служака борется с почти с неодолимым желанием вырвать вожделенный предмет из рук подлого крючкотворца и все же не решается, понимая, что подобное беззаконие, да еще на глазах у всего мира, мгновенно обернется для него полным крахом карьеры.

— Что, нет постановления? – удивился Фридрих Шварц. – Ну тогда извините.

Широкими шагами он подошел к оператору и со словами «Поставьте, пожалуйста, этот материал для наших дорогих зрителей!» торжественно вручил ему флэш-карту.

***

С криком «Nein!» капитан опять рванулся к нему и, захлебываясь, заговорил по-немецки.

— При чем здесь тайны следствия? – удивился адвокат на английском языке. – Это моя вещь, и, пока мне не предъявлено постановление об изъятии, я могу с ней делать все, что хочу. – И, опять повернувшись к оператору, величественно скомандовал: - Ставьте, ставьте!

Он знал, что после сегодняшнего выступления по телевидению на многие годы обеспечен клиентурой.

— Увести задержанных, - мрачно скомандовал капитан, глядя в пол. Процессия двинулась к дверям. Впереди шел Хамид, за ним капитан с пистолетом в руках, а замыкали шествие два полицейских с Моше посередине.

— Эй, милейший, - вдруг обратился к капитану вдогонку адвокат, разумеется, по-английски. – Не снять ли вам с господина Ниссана наручники. Нехорошо надевать подобные украшения на ни в чем не повинного человека. Да и вам все равно придется их с него снять, а до тех пор никуда он от вас не убежит, еще и потому, что бежать ему особо некуда. Правда ведь, господин Ниссан?

Моше кивнул.

— Что вы хотите?

— Да не волнуйтесь, скоро вы оба окажетесь на свободе – я лично буду заниматься вашим делом, так что гарантирую вам – до суда оно не дойдет.

— Снимите с него наручники, - еле слышно приказал капитан.

Так уже с Хамидом несколько раз бывало. Какой-то незримый молоток начинает вбивать в затылок гвозди, невидимые, но острые… а может, наоборот, тупые. Конечно же, тупые, тяжелые, массивные, так что от них вся голова сотрясается. В первый раз – это было, когда они с Айей и малышами купались на берегу… Эх, если бы не Хамасовцы, какой бы курорт можно было в Газе отгрохать – что там Дубаи!.. Уже и евреи ушли – созидай не хочу! Но убивать проще, чем созидать, а если весь мир при этом десятилетие за десятилетием кричит твоему народу: «Евреи – вот зло!», как не поверить этому миру! Так вот – Айя тогда, поплавав под водой, вынырнула… Хамид взглянул на нее, и словно обожгло его красотою возлюбленной. Мокрые волосы, черными ручьями бегущие по плечам, серые, как у румии, большие глаза – два зайчонка под хвоей ресниц, губы… как-то ей соседка Лиана, вредная такая, замечание сделала, мол, зачем такой яркой помадой красишься… а она вообще не красилась. Вот такая у него была Айя – принцесса, принцесса из «Тысячи и одной ночи», принцесса Будур! Вот такой вот Айей он залюбовался, купаясь с нею, а как вышел из воды, так словно кто-то заступом по затылку – как врежет. Он в тот момент и не понял, отчего это. А потом кофе выпил и совсем чуть не сдох. Вот тогда и сообразил – давление. Только на пляже мерять негде было. И еще раз у него поднялось давление, когда с Тауфиком сидели, курили да кофе пили. У Тауфика аппарат-то был, да с фантазией. Показал – двести на сто. Потом Тауфик померял. И тоже двести на сто. Дочке Тауфика маленькой, Сабире померяли – двести на сто. Поняли, что аппарат неисправен, Айша, жена Тауфика побежала по соседкам в поисках нормального аппарата. А Хамид стонет. Ощущение уже не молотка и гвоздей, а будто по затылку бьют прицельным огнем из М-16. Дал ему тогда Тауфик вазодип – лекарство от давления. Израильское, между прочим. «Ну и ладно! – пошутил он. – Чем больше мы его выпьем, тем меньше евреям останется». Приходит Айша с хорошим аппаратом от давления. Измерили – получилось сто тридцать восемь на восемьдесят девять. «Нижнее, прямо скажем, – высокое, – озабоченно произнес Сари, – да и для верхнего сто тридцать – прямо скажем – перебор». Но какое было давление на пике боли в затылке, – так и осталось неизвестным. А в третий раз – дома он находился в это время. Заботливая Айя, оказывается, давно уже принесла из своей больницы аппарат для измерения давления. И тот показал сто пятьдесят на девяносто. Хамид понял, что проблемы с повышенным давлением это всерьез. Но тут началась война, и… болезнь закончилась. Казалось, организм сказал сам себе: «Не до того сейчас». И головные боли не стали повторяться. Правда в тюрьме пару раз возобновились – но не молоток с гвоздями и уж тем более не М-16 – так, затрещины. Хамасовские тюремщики били куда сильнее. И вот сейчас, когда они, выйдя из квартире оказались на темной лестнице, в затылок Хамида вдруг начало стрелять. Да как! Даже капитан полиции, поравнявшись с ним и не спуская с него пистолетного дула, когда они вышли из парадного и оказались на залитой электрическим светом площадке под козырьком, спросил:

— Ты что гримасничаешь?

А Хамид вовсе не гримасничал. Он просто морщился в ритм ударам по затылку, которые ему наносил приближающийся, возможно, инсульт. Впрочем, инсульт не успел наступить. Его опередила вырвавшаяся из кустов, что напротив подъезда, автоматная очередь, в результате которой Хамид почувствовал в животе и груди боль, куда сильнее, чем та, что только что бушевала в затылке. Он даже не понял, почему ноги перестают его держать, почему они так странно загребли по асфальту, почему этот асфальт так стремительно приближается к лицу, а бежевая, явно очень недавно покрашенная стена дома вместе с сияющим белизной козырьком уплывают куда-то вверх. И капитан полиции, которого скрутила следующая очередь, странно изогнулся, словно начиная какой-то танец, резким движением вскинул обе руки, причем, пистолет при этом взлетел под лампу и с силой звякнул об асфальт прямо у ног Моше, вышедшего вслед за капитаном в сопровождении полицейских. Но танцевать капитан раздумал – он лишь сделал нервный пируэт ногой, а затем, словно поскользнувшись, растянулся рядом с истекающим кровью Хамидом.

Бросились наземь и Моше с полицейскими, так что следующие две очереди прошли у них над головой. Если бы неизвестные стрелки, залегшие в кустах, были снайперами, они бы с легкостью ликвидировали троих оставшихся супостатов, поскольку те, хорошо освещенные яркой лампой, представляли собой вполне добротные мишени. Но снайперами они не были, поэтому, а также потому, что их жертвы не отвечали огнем, что укрепило в них чувство безопасности, они вскочили и, стреляя на ходу бросились к подъезду. Напрасно они это сделали. Полицейских-то действительно парализовало и ни один из них даже не попытался расстегнуть кобуру, но Моше, плюхнувшись своим едва наметившимся в шестьдесят четыре года брюшком на пистолет капитана, вновь ощутил себя бойцом спецназа, каким был когда-то, вытащил из под брюшка этот самый пистолет, новенький Хеклер-унд-Кох П-2000, и снял с предохранителя. За грохотом автоматных очередей его выстрелы почти и не были слышны, тем более что, падая, нападавшие еще продолжали стрелять, хотя и безрезультатно, и только когда души их отлетели в объятия пресловутых девственниц, пальцы их разжали пусковые крючки. Стражи порядка, поднявшись, бросились к остывающим телам боевиков, но Моше заорал:

— Амбуланс! Амбуланс!

Полицейские послушно стали звонить – один в «Скорую помощь», другой своему начальству, а Моше подскочил у лежащему в луже крови Хамиду.

— Ну вот и все… - прошептал Хамид. На губах его пузырилась кровь.

— Хамид, Хамид! – Моше казалось, что он шепчет, на деле же он продолжал орать. – Ты спас мне жизнь! Я помчался за тобой в Германию, чтобы уберечь тебя, и вот - не уберег!

— Так ведь ветры дуют не так, как хотят корабли… - шепот Хамида слабел с каждой секундой. – Все пормально… Меня уже ничего не держит в этом заповеднике Шайтана. Все, кого я любил – уже там.

— Хамид! - Моше в отчаянии уже хрипел.

— Спасибо, Моше, - шепот почти не был слышен. То, что пытался сказать Хамид, едва различалось по движению губ. – Ты мне здорово помог. Аллах мудр, он послал мне тебя. Благодаря тебе я смог сделать то, что должен был сделать. Благодаря тебе мои страдания обрели смысл! Теперь весь мир узнает…

— «Как же, нужно это миру знать! Мир, этот вонючий мир, и так все знает – и что? Он готов отправить на гибель миллионы арабских детей, лишь бы это привело к гибели миллионов еврейских!»- хотел с горечью сказать Моше, но тут увидел, что говорить уже некому.

Светало. Уличные фонари, точно стрекозки-поденки отправлялись в последний полет, которому суждено было продлиться последние мгновения, прежде чем экономные немцы отключат электричество. Из пределов парка, начинавшегося метрах в сорока от подъезда, несся соловьиный кадиш по ушедшему праведнику, одному из праведников народов мира, Хамиду сыну Ибрагима. Уже окрепшие солнечные лучи гладили листву, что из нежно-зеленоватой, которой она была весною, давно уже стала темно-зеленой, тяжко-зеленой и теперь готовилась примерять желтый, зеленый и бурый цвета.

Я не верю, в то, что человек после смерти исчезает полностью, а мусульманские байки о семидесяти двух гуриях мне смешны. Но ведь где-то мой Хамид должен был обрести пристанище и покой. Он выстрадал это.

Спустя ровно тридцать дней после того, как душа Хамида покинула его простреленное в нескольких местах тело, в Мюнхене творился пивной фестиваль под названием Октоберфест - САМЫЙ БОЛЬШОЙ НАРОДНЫЙ ПРАЗДНИК МИРА.

История его началась свыше двухсот лет назад, 12 октября 1810 года, во время народных гуляний по случаю бракосочетания кронпринца, будущего короля Баварии Людвига I и принцессы Терезы Саксонской Хильдбурхаузен. Гуляния закончились 17 октября на лугу, прозванном в честь принцессы Терезиным. Впрочем, мюнхенцы сегодня называют его коротко Wiesen, что переводится как «луг».

Сначала пиво продавалось в небольших будках, число которых увеличивалось с каждым годом. Потом, в 1896 году появились большие пивные павильоны, построенные владельцами мюнхенских пивных и пивоварен. С тех пор и по сей день все пиво, которое пьется во время Октоберфеста должно быть исключительно баварского производства.

Как и закуски, которые примерно в то же время стали подаваться на дубовые столы, стоящие в этих павильонах – белые колбаски (Weisswurst), сваренные в свиных кишках, брецели (Brezel) - вкусные кренделя и - Süßer Senf – сладкая горчица. .

К 1818 рядом с павильонами выросли карусель и две качели. Так был заложен свой октоберфестовый Суперлэнд, ныне радующий детей и взрослых и американской горкой, одной из самых быстрых в мире, Freefall Tower - приспособлением для падения с высоты 70 метров - и прочими аттракционами.

В 2014 году Октоберфест длился с 20 сентября по 5 октября. В одну из ночей, как мы уже сообщали, ровно через тридцать дней после гибели Хамида, Марион и Фриц Бонзен на своем «опель астра» прибыли в Мюнхен.

Подъезжая к отелю, где у них был заказан номер, Марион в куцем фонарном свете увидела лежащего на газоне абсолютно неподвижного человека.

— Мертвый?! - в ужасе спросила она. - Или бездомный?

— Октоберфест, - процедил ее муж. - Его территория в трехстах метрах от нашей гостиницы.. А этот – он сделал лицом движение, словно хотел обернуться – не дотянул до ночлега.

Как потом выяснилось, у некоторых гостей Октоберфеста места ночлега и вовсе не было. Среди бесчисленных мюнхенских бомжей явно выделялись хорошо одетые, гладко выбритые ребята, преклонившие буйные головушки на аккуратные рюкзачки, содержащие, очевидно, по три-четыре смены белья да по зубной щетке. А что делать? В Мюнхен на праздник приезжает до 6000000 человек, так что гостиница для большинства отходит в область туманных мечт. Кто не успел, тот опоздал. А пивка хочется, тем более, что на Октоберфест его готовят особенным, повышенной крепости.

Последнее было весьма заметно. Товарищ, лежащий на газоне оказался лишь первой ласточкой. Ночь в гостинице выдалась не самой спокойной. До часа ночи из пивной, расположенной в соседнем доме, неслось бравурное хоровое пение, от которого дрожали окна (это на четвертом-то этаже!), а затем до утра с улицы раздавались пьяные вопли.

На следующее утро они, позанимавшись любовью и позавтракав, двинулись на Терезин Луг. По пути им всюду попадались кафушки и пивнушки со столиками прямо на улице, и везде за этими столиками сидели баварцы в кожаных шортах, в ковбойках в мелкую клетку и с помочами и, грохоча стеклянными литровыми кружками, потребляли пиво. Некоторых увенчивали характерные шляпы. Из некоторых шляп торчали перья.

В ожидании намеченного на 11 утра концерта, Марион и Фриц зашли в один из больших пивных павильонов. В центре на возвышении играл оркестр. Выступал какой-то плясун в традиционной баварской одежде, исполнял танец с пастушескими бичами. Затем заиграла мелодия «С днем рожденья тебя!» Зал подхватил. Сотни человек поздравляли кого-то одного, незнакомого. В нужный момент человек на возвышении вставил имя. Одна семья – баварцы.

Супруги уселись за дубовые столы, заказали по литровой кружке пива.

Рядом с ними сидел молодой человек с очаровательной девушкой. Оба в баварских одеяниях. Как это принято у мюнхенцев в общественных местах, время от времени они целовались. На очередном витке своей беседы они, похоже, поссорились. Девушка встала и, бросив через плечо что-то резкое, пошла прочь. Юноша остался один, но ненадолго. Допив свое пиво, он куда-то отлучился, а через пятнадцать минут вернулся… с новой девушкой. Они заказали еще по кружке, и тут … вернулась первая девушка с новым молодым человеком. Резкого выяснения отношений не последовало - Бавария не Испания. Все мирно стали пить пиво. «Похоже, в Мюнхене сейчас вся жизнь у людей протекает в пивных павильонах, - прошептала Марион на ухо мужу. _ не удивлюсь, если они сейчас на дубовых столах сексом займутся!» « Ничего, также шепотом ответил Фриц. – Кончится Октоберфест и все пройдет»...

Без пяти одиннадцать наши герои поспешили к статуе Баварии, на концерт.

Несколько ансамблей и духовых оркестров разом
заиграли национальный гимн Баварии, и народ друж-
но запел:

> Gott mit dir, du Land der Bayern,
> deutsche Erde, Vaterland!
> Über deinen weiten Gauen
> ruhe seine Segenshand!
> |: Er behüte deine Fluren,
> schirme deiner Städte Bau
> und erhalte dir die Farben
> seines Himmels, weiß und blau!
> Пусть Господь тебя лелеет,
> О Бавария моя!
> Пусть благословит скорее
> Твои вольные края!
> Ширь лугов твоих прекрасных,
> Стены городов твоих
> И небес родимых краски,
> Чистых, белых, голубых!

После исполнения гимна, по местной традиции,
в небеса взлетели сотни разноцветных воздушных
шариков. Они уплывали, легкие, как разноцветные
человеческие души. Вдруг произошло необъяснимое
- один из шариков отделился от стаи и начал резко
снижаться. Снуя в воздухе, он спикировал прямо на
плечо к оторопевшей Марион. Словно кот, он начал
тереться о ее щеку, и Марион почувствовала, что ее
обдает человеческим дыханием. Сама не осознавая,

что делает, Марион обняла его теплое тело и прикоснулась губами к его нежной поверхности.

«Шукран!*» – услышала она невесть откуда шепот. Она не знала, что это значит, но на глаза почему-то навернулись слезы. А шарик взмыл вверх и, кувыркаясь направился в небо. Он очень торопился. Скорей! К своим!

---

* Шукран (арабск.) Спасибо!

www.ingramcontent.com/pod-product-compliance
Lightning Source LLC
Chambersburg PA
CBHW041606240626
47164CB00009B/193